王力——

著

诗词格律十讲

插图版

天津出版传媒集团

天津人民出版社

图书在版编目（CIP）数据

　诗词格律十讲：插图版 / 王力著. -- 天津：天津
人民出版社，2023.1（2024.7重印）
　ISBN 978-7-201-18135-6

　Ⅰ.①诗… Ⅱ.①王… Ⅲ.①诗词格律-基本知识-
中国 Ⅳ.①I207.21

　中国版本图书馆CIP数据核字(2022)第165816号

诗词格律十讲：插图版

SHICI GELÜ SHI JIANG：CHATU BAN

出　　　版	天津人民出版社	
出 版 人	刘锦泉	
地　　　址	天津市和平区西康路35号康岳大厦	
邮政编码	300051	
邮购电话	(022)23332469	
电子信箱	reader@tjrmcbs.com	
总 策 划	沈海涛	
策　　　划	金晓芸　康悦怡	
责任编辑	康悦怡	
装帧设计	肖　瑶	
印　　　刷	天津海顺印业包装有限公司	
经　　　销	新华书店	
开　　　本	880毫米×1230毫米　1/32	
印　　　张	6.25	
字　　　数	112千字	
版次印次	2023年1月第1版　2024年7月第4次印刷	
定　　　价	36.00元	

序

　　王力先生是中国现代语言学的泰斗。先生从来都是"龙虫并雕"的,他的一系列专著为学术研究指明方向,他的一些雅俗共赏的著作对年轻读者很有启发。天津人民出版社的"王力五书"就是这样一套雅俗共赏的系列图书,共五种,即《诗词格律》《诗词格律十讲》《诗词格律概要》《古代汉语常识》《语文讲话》,都是插图版。

　　《诗词格律》《诗词格律十讲》《诗词格律概要》这三种书都是讲诗词格律的,详略有所不同。《诗词格律十讲》最简要,《诗词格律概要》是《诗词格律十讲》的扩充,《诗词格律》比较详细,在讲平仄对仗之外还讲了诗词的节奏和语法特点。这三种书出版于20世纪六七十年代,至今已有五十多年了。在这期间,好几代年轻人都受益于这几本书。读了以后,在阅读古典诗词时能懂得其格律,还有不少人能按照格律来写作古体诗词,这都有助于提高他们的文化素养。这次天津人民出版社出版时,为《诗词格律》和《诗词格律十讲》精选了附录,如《今读阴平阳平的入声字表》等,对读者也很有帮助。

《古代汉语常识》是为年轻读者学习古代汉语而写的。这里的"古代汉语"主要指文言文。书中对为什么要学习古代汉语，怎样学习古代汉语都说得很透彻；对古代汉语的文字、古代汉语的词汇、古代汉语的语法都有论述，谈得很全面。古代汉语词汇和阅读文言文关系最密切，书中说："如果掌握了古代汉语词汇，就可以算是基本上掌握了古代汉语。"书中谈到古今词义的差别（见第五章）和一些重要虚词（见第六章），读者应该认真阅读并切实掌握。

　　此书有五个附录，都很重要，建议读者好好看一看。《研究古代汉语要建立历史发展观点》是王力先生多次强调的一个很重要的学术观点。《天文、历法》和《礼俗、宗法》选自王力主编《古代汉语》的"古代文化常识"（执笔者是南开大学教授马汉麟先生）。这部分内容对读古书很有用，因为在读古书的时候常会碰到一些文化常识方面的问题，如果不懂文化常识，就会出错。如有人把"七月流火"理解为"七月天气十分炎热"就是一例。"七月流火，九月授衣"是《诗经·豳风·七月》里的句子，"火"指二十八宿的心宿。在夏历六月黄昏的时候，心宿出现在南方的天空，方向最正，位置最高，到七月就偏西向下了，天气也逐渐变凉，所以要"九月授衣"。要看懂这两个附录是要花一些功夫的，但看懂以后会觉得很有用。

《语文讲话》篇幅不长,但对汉语研究得非常深入。在绪论中指出了汉语的五种特性:单音词占优势、比较上颇富于孤立性、最富于分析性,以及以声调为词汇的成分、元音特占优势。在 1955 年的修订版中,进一步概括为三点:第一,元音特别占优势;第二,拿声调作词的成分;第三,语法构造以词序、虚词等为主要手段。(见《王力全集》第二十卷,第 11 页。)这是以汉语和别的语言比较而得出的。在后面四章中,谈了汉语的语音、语法、词汇和文字,各部分都深入浅出地讲了一些基本知识,语音、语法、词汇部分都谈了汉语方言的异同和古今的演变。这样,就从地域和时间两个维度勾画出汉语的概貌。作者在 1955 年的《新版自序》中说,此书"目的是使中学教师们从语言学的观点上比较全面地了解汉语的轮廓"。今天的读者也一定会有这种收益。

此书的四个附录可以进一步扩展读者的视野。读者如果关心汉语的历史发展,可以读《汉语发展史鸟瞰》;如果关心普通话,可以读《推广普通话的三个问题(节选)》;如果关心汉语语法,可以读《关于汉语语法体系的问题》;如果对文学感兴趣,可以读《语言与文学》。

把王力先生的著作推荐给读者,不是一件容易的事情。首先要对王力先生的著作相当熟悉,而且要对读者的状况和需求比较了解，这才能从王力先生众多的著作中选出合适的五书。同时，《诗词格律》《诗词格律十讲》这也是要费一番功夫加以选择和编排的。这些都体现了"王力五书"选编者对读者负责的精神和对业务熟悉的程度。我相信，这样一套精心选编的"王力五书"会受到读者的欢迎。

蒋绍愚

2022 年 9 月于北京大学

目　录

前　言

　　诗词格律是中国诗人们长期积累的艺术经验的总结,它是诗词的艺术构成部分。我们掌握了旧体诗词格律的具体知识,就能更好地理解历代特别是唐以后著名诗人作品中的艺术。从欣赏古代诗词和学习毛主席诗词方面说,我们学一点诗词格律也是非常必要的。

　　关于我们自己可以不可以写一些旧体诗词,毛主席有过明确的指示。毛主席说:"诗当然应以新诗为主体,旧诗可以写一些,但是不宜在青年中提倡,因为这种体裁束缚思想,又不易学。"(《关于诗的一封信》)当我们要写一些旧体诗词的时候,自然也不能不懂诗词的格律。

　　我写这个《诗词格律十讲》,目的在于简明扼要地叙述有关诗词格律的基础知识。所举的作品既要是思想比较健康而又脍炙人口的,又要是便于说明格律的。读者如果还读过别的旧体诗词,拿来对比一下,印象就更深了。

第一讲

诗韵和平仄

诗写下来不是为了看的，而是为了吟的。古人所谓吟，跟今天所谓朗诵差不多。因此，诗和声律就发生了极其密切的关系。诗词的格律主要就是声律，而所谓声律只有两件事：第一是韵，第二是平仄。其中尤以平仄的规则最为重要，可以说没有平仄规则就没有诗词格律。现在先请大家读几首唐诗：

登鹳雀楼　　　[唐]王之涣

白日依山尽，黄河入海流。

欲穷千里目，更上一层楼。

相
思

相　思　［唐］王　维

红豆生南国,春来发几枝。

愿君多采撷,此物最相思。

江
南
曲

江南曲　［唐］李　益

嫁得瞿塘贾[1],朝朝误妾期。

早知潮有信,嫁与弄潮儿。

　　这是三首五言绝句。在这些诗里,逢双句押韵。所谓押韵,
就是把同一收音的字放在同一位置上,一般是放在句尾。韵的
作用是构成声音的回环,也就是形成一种音乐美。例如《登鹳
雀楼》,"流"字读 liú(=lióu),"楼"字读 lóu,都是收音于 ou 的;
《相思》,"枝"字读 zhī,"思"字读 sī,都是收音于 i 的。这就显得
非常和谐了。

　　有时候,依照现代普通话的语音读去并不和谐,这是因为

---

1. 贾[gǔ]音古。

［明］李在 《山庄高逸图》

时代不同,语音有了发展。例如《江南曲》,"期"字读 qí[1],"儿"字读 ér,很不和谐,但是如果依照上海话的白话音来读"儿"字,就十分和谐了,因为上海白话"儿"字念 ní,在很大程度上保存了唐代的古音。

至于讲到平仄规则,就必须先说明什么是平仄。古代有四个声调,即平声、上声、去声、入声。平声以外,其余三声都是仄声("仄"就是不平的意思)。平声大约是比较长的音,而且是一个平调,不升也不降;其余三声大约是比较短的音,有升有降,因此形成了平仄的对立。诗人们利用这种对立来造成诗的节奏美。

上面所引的三首五言绝句是依照同一个平仄格式写成的。每首只有二十个字,其平仄格式如下:

⑰仄平平仄　平平仄仄平

⑰平平仄仄　⑰仄仄平平[2]

有一件事值得注意:在普通话里,平声已经分化为阴平和阳平;入声已经消失了,分别归入阴平、阳平、上声和去声。平声好办,只要把阴平和阳平同等看待就是了。入声归入上声、去声的也都好办,反正上、去两声也都是仄声。唯有归入阴平、

---

1. 今读 qī。——编者注
2. 字外带圈表示可平可仄,字下加"△"表示押韵,下同。

阳平的入声字就非查字典不可(可查商务印书馆出版的《同音字典》)。大概平仄格式上标明仄声而普通话读平声的字,多半是古入声。这三首诗中的入声字是"白""日""入""欲""目""一""国""发""撷""物""得""妾"。特别值得注意的是"国""发""撷""得",它们在普通话里都变了平声,而它们所在的位置是规定要用仄声字的。

这三首诗是严格地依照平仄格式写成的。一般地说,每句的第一个字可以不拘平仄。试看第一句第一个字,"白""嫁"是仄,而"红"是平;第三句和第四句的第一个字,这里三首诗都是用了仄声,但是在其他唐诗中也有用平声的。唯独像平平仄仄平这样一个五言平仄句式(在这三首诗中是第二句),第一个字就只能用平声,不能用仄声,否则叫做犯孤平。

这一讲所讲的是最基本的东西。讲的虽然是五言,但是可以类推到七言。讲的虽然是绝句,但是可以类推到律诗。讲的虽然是诗,但是可以类推到词。

第二讲

五言绝句

绝句都是四句。五言绝句可以分为律绝和古绝两种。现在先谈律绝。律绝一般只用平声韵,而平仄格式则有四种。第一讲里所讲的平仄格式是第一种:

⊙仄平平仄　平平仄仄平△

⊙平平仄仄　⊙仄仄平平△

这里有四种句式:第一种句式是平仄脚,第二种句式是仄平脚,第三种句式是仄仄脚,第四种句式是平平脚。这四种句式是所有变化的基础,四种五言绝句都是由这四种句式错综变化而成的。

第二种五言绝句只是把第一种的前半首和后半首对调了一下:

⊙平平仄仄　⊙仄仄平平△

⊙仄平平仄　平平仄仄平△

听
筝

听 筝　[唐]李 端

鸣筝金粟柱,素手玉房前。

欲得周郎顾,时时误拂弦。

第三种五言绝句基本上和第一种相同,只因首句用韵,所
以首句改为平平脚:

⟨仄⟩仄仄平平　平平仄仄平

⟨平⟩平平仄仄　⟨仄⟩仄仄平平

塞
下
曲

塞下曲　[唐]卢 纶

月黑雁飞高,单¹于夜遁逃。

欲将轻骑逐,大雪满弓刀。

---

1. 单[chán]音蝉。

行　宫　　[唐]元　稹

寥落古行宫,宫花寂寞红。

白头宫女在,闲坐说玄宗。

溪　居　　[唐]裴　度

门径俯清溪,茅檐古木齐。

红尘飞不到,时有水禽啼。

第四种五言绝句基本上和第二种相同,只因首句用韵,所以首句改为仄平脚:

平平仄仄平　　⊕仄仄平平

⊕仄平平仄　　平平仄仄平

闺人赠远　　[唐]王　涯

花明绮陌春,柳拂御沟新。

为报辽阳客,流光不待人。

行宫　溪居　闺人赠远

[宋]夏圭 《松溪泛月图》

在四种平韵五言律绝当中,以第一种为最常见,其次是第三种。其余两种都是少见的。除了平韵律绝之外,还有一些仄韵律绝。现在只举一个例子:

⟨平⟩平平仄仄　⟨仄⟩仄平平仄
　　　　　　　　　　　　△

⟨仄⟩仄仄平平　⟨平⟩平平仄仄
　　　　　　　　　　　　△

忆旧游　　[唐]顾　况

悠悠南国思[1],夜向江南泊。

楚客断肠时,月明枫子落。

律绝只有四种句式,即使是仄韵的五言律绝,也不超出这个范围。依照这四种句式写成的诗句称为律句,凡不用或基本上不用律句的绝句可以称为古绝。古绝一般都是五言的,而且不拘平仄;在押韵方面既可押平声韵,也可押仄声韵,例如:

---

1. 思[sì]音四。

夜　思 [1]　　[唐]李　白

床前明月光，疑是地上霜。

举头望明月，低头思故乡。

拜新月　　[唐]李　端

开帘见新月，即便下阶拜。

细语人不闻，北风吹裙带。

　　《夜思》是平声韵，《拜新月》是仄声韵。"疑是"句平仄仄仄
平，"细语"句仄仄平仄平，"北风"句仄平平平仄，都不是律句。

----

1. 一作《静夜思》，此处选自清乾隆二十八年蘅塘退士编《唐诗三百
首》。——编者注

第二讲

七言绝句

七言绝句也是四句,总共二十八个字。七言律绝是以五言律绝为基础的。跟五言律绝一样,七言律绝共有四种平仄句式,这只是在五字句的前面加两个音:如果是仄起的五字句,就把它变成平起的七字句;如果是平起的五字句,就把它变成仄起的七字句。试看下面的比较表:

1.平仄脚:

　　五字句——□□仄仄平平仄

　　七字句——平平仄仄平平仄

2.仄平脚:

　　五字句——□□平平仄仄平

　　七字句——仄仄平平仄仄平

3.仄仄脚:

　　五字句——□□平平平仄仄

　　七字句——仄仄平平平仄仄

4.平平脚：

五字句——□□仄仄仄平平

七字句——平平仄仄仄平平

七言绝句也有四种平仄格式，跟五言绝句是相一致的。不过，七言绝句以首句押韵为比较常见，所以次序应该改变一下。第一种七言绝句是：

平平仄仄仄平平　仄仄平平仄仄平

仄仄平平平仄仄　平平仄仄仄平平

早发白帝城　　[唐]李　白

朝辞白帝彩云间，千里江陵一日还。

两岸猿声啼不住，轻舟已过万重山。

题金陵渡　　[唐]张　祜

金陵津渡小山楼，一宿行人自可愁。

潮落夜江斜月里，两三星火是瓜州。

将赴呈兴登乐游原　　[唐]杜　牧

清时有味是无能,闲爱孤云静爱僧。

欲把一麾江海去,乐游原上望昭陵。

泊秦淮　　[唐]杜　牧

烟笼寒水月笼沙,夜泊秦淮近酒家。

商女不知亡国恨,隔江犹唱后庭花。

　　第二种七言绝句是把第一种的前半首和后半首对调,并
且使首句仍然收平脚,第三句仍然收仄脚:

　　　⊗仄平平仄仄平　　⊕平⊗仄仄平平
　　　　　　　　△　　　　　　　　　　△

　　　⊕平⊗仄平平仄　　⊗仄平平仄仄平
　　　　　　　　　　　　　　　　　　△

芙蓉楼送辛渐　　[唐]王昌龄

寒雨连江夜入吴,平明送客楚山孤。

洛阳亲友如相问,一片冰心在玉壶。

乌衣巷 [唐]刘禹锡

朱雀桥边野草花,乌衣巷口夕阳斜。

旧时王谢堂前燕,飞入寻常百姓家。

赤 壁 [唐]杜 牧

折戟沉沙铁未销,自将磨洗认前朝。

东风不与周郎便,铜雀春深锁二乔。

秋 夕 [唐]杜 牧

银烛秋光冷画屏,轻罗小扇扑流萤。

天阶夜色凉如水,卧看牵牛织女星。

　　第三种七言绝句是第一种的变相,只是把首句改为不押
韵(这一种比较少见):

　　平平仄仄平平仄　　仄仄平平仄仄平
　　　　　　　　　　　　　　　　　　△
　　仄仄平平平仄仄　　平平仄仄仄平平
　　　　　　　　　　　　　　　　　　△

仿趙幹畫于
快閣 陳衡

［明］藍瑛 《山水十开》（之七）

忆江柳　　　[唐]白居易

曾栽杨柳江南岸，一别江南两度春。

遥忆青青江岸上，不知攀折是何人！

第四种七言绝句是第二种的变相，只是把首句改为不押韵：

仄仄平平平仄仄　　平平仄仄仄平平
　　　　　　　　　　　　　　　△

平平仄仄平平仄　　仄仄平平仄仄平
　　　　　　　　　　　　　　　△

九月九日忆山东兄弟　　　[唐]王　维

独在异乡为异客，每逢佳节倍思亲。

遥知兄弟登高处，遍插茱萸少一人。

夜上受降城闻笛　　　[唐]李　益

回乐峰前沙似雪，受降城外月如霜。

不知何处吹芦管，一夜征人尽望乡。

仄韵七绝颇为罕见,这里不举例了。

七言绝句每句的第一字是不拘平仄的,第三字在许多情况下也不拘平仄,因此相传有这样一个口诀:"一三五不论,二四六分明。"但是,这个口诀是不全面的:在正常的情况下,第五字不能不论;更重要的是仄平脚的句子第三字不能不论,否则犯了孤平。凡是不合于这里所讲的都是变格,在第六讲里还要谈到。

第四讲

五言律诗和长律

我们在第二讲中讲了五言绝句，这里再讲五言律诗就非常好懂了。五言律诗共有八句，四十个字，比五言绝句(指律绝)的字数多一倍，可以说两首五言绝句合起来就是一首五言律诗。按发展情况说，应该说五言绝句是五言律诗的一半；但是，为了说明的方便，我们说五言律诗是五言绝句的双倍也未尝不可。

　　跟五言绝句一样，五言律诗也有四种平仄格式。第一种五言律诗等于第一种五言绝句的两首：

　　　⑨仄平平仄　平平仄仄平
　　　　　　　　　　　　△

　　　⑨平平仄仄　⑨仄仄平平
　　　　　　　　　　　　　△

　　　⑨仄平平仄　平平仄仄平
　　　　　　　　　　　　△

　　　⑨平平仄仄　⑨仄仄平平
　　　　　　　　　　　　　△

塞下曲　　[唐]李　白

五月天山雪，无花只有寒。

笛中闻折柳，春色未曾看[1]。

晓战随金鼓，宵眠抱玉鞍。

愿将腰下剑，直为斩楼兰。

春　望　　[唐]杜　甫

国破山河在，城春草木深。

感时花溅泪，恨别鸟惊心。

烽火连三月，家书抵万金。

白头搔更短，浑欲不胜[2]簪。

---

1. 看[kān]音刊。
2. 胜[shēng]音升。

第二种五言律诗等于第二种五言绝句的两首：

㊀平平仄仄　㊀仄仄平平
△

㊀仄仄平平仄　平平仄仄平
△

㊀平平仄仄　㊀仄仄平平
△

㊀仄仄平平仄　平平仄仄平
△

山居秋暝　　[唐]王　维

空山新雨后，天气晚来秋。

明月松间照，清泉石上流。

竹喧归浣女，莲动下渔舟。

随意春芳歇，王孙自可留。

李營丘仙巖樓觀圖
康熙乙未春正爲
寧海道長兄五十初度寫此奉贈以當
九如之祝
海虞王翬時年八十有四

[清] 王翬 《仙山楼观图》

新春江次　　[唐]白居易

浦干潮未应,堤湿冻初销。

粉片妆梅朵,金丝刷柳条。

鸭头新绿水,雁齿小红桥。

莫怪珂声碎,春来五马骄。

第三种五言律诗等于第三种五言绝句加第一种五言绝句:

仄仄仄平平　平平仄仄平

平平平仄仄　仄仄仄平平

仄仄平平仄　平平仄仄平

平平平仄仄　仄仄仄平平

终南山　　[唐]王　维

太乙近天都，连山接海隅。

白云回望合，青霭入看[1]无。

分野中峰变，阴晴众壑殊。

欲投人处宿，隔水问樵夫。

月夜忆舍弟　　[唐]杜　甫

戍鼓断人行，边秋一雁声。

露从今夜白，月是故乡明。

有弟皆分散，无家问死生。

寄书长不达，况乃未休兵！

---

1. 看[kān]音刊。

第四种五言律诗等于第四种五言绝句加第二种五言绝句（这一种比较少见）：

平平仄仄平△　(仄)仄仄平平△

(仄)仄平平仄　平平仄仄平△

(平)平平仄仄　(仄)仄仄平平△

(仄)仄平平仄　平平仄仄平△

风　雨　　［唐］李商隐

凄凉宝剑篇，羁泊欲穷年。

黄叶仍风雨，青楼自管弦。

新知遭薄俗，旧好隔良缘。

心断新丰酒，销愁斗几千！

风雨

律诗中间四句要用对仗。所谓对仗，就是名词对名词，形容词对形容词，动词对动词，副词对副词等。关于对仗，后面还要专题讨论。

长律是超过八句的律诗，有长到一百六十韵的。两句一押

韵,一百六十韵就是一千六百个字。有一种试帖诗规定五言六韵(清代规定五言八韵),那是应科举时写的。例如:

湘灵鼓瑟　　[唐]钱　起

善鼓云和瑟,常闻帝子灵。

冯夷空自舞,楚客不堪听。

苦调凄金石,清音入杳冥。

苍梧来怨慕,白芷动芳馨。

流水传湘浦,悲风过洞庭。

曲终人不见,江上数峰青。

长律的平仄很容易知道,因为它只是把五言绝句加起来,例如五言六韵的长律就等于三首五言绝句。除头两句和末两句以外,中间各句都是要用对仗的。长律一般只是五言诗,七言长律是非常罕见的。

第五讲

七言律诗

七言律诗，就其平仄格式说，是七言绝句的扩展。七言律诗共有八句，五十六个字，比七言绝句的字数多一倍，正好把两首七绝合成一首七律。七言律诗也有四种平仄格式。第一种七律等于第一种七绝加第三种七绝：

〇平〇仄仄平平　　〇仄平平仄仄平

〇仄〇平平仄仄　　〇平〇仄仄平平

〇平〇仄平平仄　　〇仄平平仄仄平

〇仄〇平平仄仄　　〇平〇仄仄平平

望蓟门　　[唐]祖　咏

燕台一去客心惊，笳鼓喧喧汉将营。

万里寒光生积雪，三边曙色动危旌。

沙场烽火侵胡月，海畔云山拥蓟城。

少小虽非投笔吏，论功还欲请长缨。

钱塘湖春行　　[唐]白居易

孤山寺北贾亭西，水面初平云脚低。

几处早莺争暖树，谁家新燕啄春泥？

乱花渐欲迷人眼，浅草才能没马蹄。

最爱湖东行不足，绿杨阴里白沙堤。

第二种七律等于第二种七绝加第四种七绝：

(仄)仄平平仄仄平 △	(平)平(仄)仄仄平平 △
(平)平(仄)仄平平仄	(仄)仄平平仄仄平 △
(仄)仄(平)平平仄仄	(平)平(仄)仄平平仄
(平)平(仄)仄平平仄	(仄)仄平平仄仄平 △

42

丛亭文会

永樂甲申中撬日九龍山人王孟養畫

倪横峯軸與雲仲勝
蒙壺圖六七人守諧
怡披行匡画重辰已
卯仲之春

崖若抽紳香瀑
解仲橙運于
野會同人呼
之欷出鮮榮
侣占卽梁溪
芽古素
已卯仲春
尚題

[明]王绂　《山亭文会图》

登柳州城楼寄漳汀封连四州   [唐]柳宗元

城上高楼接大荒,海天愁思 1 正茫茫。

惊风乱飐芙蓉水,密雨斜侵薜荔墙。

岭树重遮千里目,江流曲似九回肠。

共来百越文身地,犹自音书滞一乡!

无　题   [唐]李商隐

相见时难别亦难,东风无力百花残。

春蚕到死丝方尽,蜡炬成灰泪始干。

晓镜但愁云鬓改,夜吟应觉月光寒。

蓬莱此去无多路,青鸟殷勤为探看 2。

---

1. 思[sì]音四。
2. 看[kān]音刊。

第三种七律等于第三种七绝的两首：

㊀平㊀仄平平仄　　㊀仄平平仄仄平△

㊀仄㊀平平仄仄　　㊀平㊀仄仄平平△

㊀平㊀仄平平仄　　㊀仄平平仄仄平△

㊀仄㊀平平仄仄　　㊀平㊀仄仄平平△

客　至　　[唐]杜　甫

舍南舍北皆春水，但见群鸥日日来。

花径不曾缘客扫，蓬门今始为君开。

盘飧市远无兼味，樽酒家贫只旧醅。

肯与邻翁相对饮，隔篱呼取尽余杯。

酬乐天扬州初逢席上见赠　　[唐]刘禹锡

巴山楚水凄凉地，二十三年弃置身。

怀旧空吟闻笛赋，到乡翻似烂柯人。

沉舟侧畔千帆过，病树前头万木春。

今日听君歌一曲，暂凭杯酒长精神。

第四种七律等于第四种七绝的两首：

(仄)仄(平)平平仄仄　　(平)平(仄)仄仄平平△

(平)平(仄)仄平平仄　　(仄)仄平平仄仄平△

(仄)仄(平)平平仄仄　　(平)平(仄)仄仄平平△

(平)平(仄)仄平平仄　　(仄)仄平平仄仄平△

阁　夜　　[唐]杜甫

岁暮阴阳催短景，天涯霜雪霁寒宵。

五更鼓角声悲壮，三峡星河影动摇。

野哭千家闻战伐,夷歌几处起渔樵。

卧龙跃马终黄土,人事音书漫寂寥。

闻官军收河南河北　　　[唐]杜　甫

剑外忽传收蓟北,初闻涕泪满衣裳。

却看妻子愁何在,漫卷诗书喜欲狂。

白日放歌须纵酒,青春作伴好还乡。

即从巴峡穿巫峡,便下襄阳向洛阳。

　　七律跟五律一样,中间四句要用对仗;至于头两句和末两句,一般不用对仗。特别是末两句,像杜甫的《闻官军收河南河北》那样的情况是很少见的。

　　讲到这里,我们可以把律诗、绝句的平仄规则总结一下。平仄有"对"的规则和"粘"的规则。单句称为出句,双句称为对句,出句和对句加起来叫一联。第一联称为首联,第二联称为颔联,第三联称为颈联,第四联称为尾联。出句的平仄和对句的平仄必须是相反的,叫做对。下联出句的平仄和上联对句的

47

平仄必须是相同的,叫做粘。当然,在粘的时候,第五、七两字(在五言则是第三、五两字)的平仄不可能相同;在对的时候,如果首句入韵,首联出句和对句第五、七两字(在五言则是第三、五两字)也不可能相对。总之,除了下节所讲的变格外,我们可以拿五言第二、第四字;七言的第二、第四、第六字作为衡量粘对的标准。

知道了粘对的道理,要背诵口诀(平仄格式)就不难了。只要知道了第一句的平仄,全首诗的平仄都可以按照粘对的规则背诵如流。即使是百韵长律,也不会背错一个字。

违反粘的规则叫失粘(广义的失粘指的是不合平仄,这里用的是狭义);违反对的规则叫失对。唐人偶尔有不粘的律诗、绝句(如王维的《渭城曲》),但是不足为训,因为一般的律诗、绝句总是粘的。至于失对,则是更大的毛病,唐人虽也有个别失对的情况,那或者是模仿齐梁体(律诗未定型以前的诗体),或者是诗人一时的疏忽,后人是不能引为口实的。

第六讲

平仄的变格

上面说过，前人做律诗、绝句有个口诀是："一三五不论。"
这是就七言说的；如果是五言，那就应该是"一三不论"。其实
仄平脚的五言第一字或七言第三字不能不论，否则犯孤平。至
于五言第三字、七言第五字，按常规来说，也是要论的，但是在
这些地方可以有变格，就是在本该用平声的地方也可以用仄
声，在本该用仄声的地方也可以用平声。例如：

次北固山下　　　[唐]王　湾

客路青山下，行舟绿水前。

潮平两¹岸阔，风正一帆悬。
　　。

海日生残夜，江春入旧年。

乡书何处达？归雁洛阳边。

---

1. 字下有"。"的是变格的不拘平仄的字。

送友人　　[唐]李　白

青山横北郭，白水绕东城。

此地一为别，孤蓬万里征。

浮云游子意，落日故人情。

挥手自兹去，萧萧班马鸣。

咏怀古迹　(其二)　　[唐]杜　甫

摇落深知宋玉悲，风流儒雅亦吾师。

怅望千秋一洒泪，萧条异代不同时。

江山故宅空文藻，云雨荒台岂梦思！

最是楚宫俱泯灭，舟人指点到今疑。

[清]王原祁　《仿黄公望山水图》

蜀 相　　　[唐]杜 甫

丞相祠堂何处寻?锦官城外柏森森!

映阶碧草自春色,隔叶黄鹂空好音。

三顾频烦天下计,两朝开济老臣心。

出师未捷身先死,长使英雄泪满襟!

　　值得注意的是:五言平起出句第三字如果用仄声,则第一字必须用平声(如"潮平两岸阔");七言仄起出句第五字如果用仄声,则第三字必须用平声(如"怅望千秋一洒泪")。如果是平平脚,五言第三字、七言第五字仍以用仄声为宜,否则末三字变成平平平,而三字尾连用三个平声是古风的特点(见第八讲),最好律诗、绝句不要用它。

　　现在讲到三种特别的句式。这三种句式是不合于前面五讲中所列的平仄格式的,然而它们是律诗、绝句所容许的。

　　1.五言出句二、四字同平,七言出句四、六字同平。——依前面五讲的说法,仄仄脚的律句,在五言是㊟平平仄仄,在七言是㊟仄㊟平平仄仄;但是,这个格式有一个最常用的变格,就是:

54

五言：平平仄平仄

七言：⊗仄平平仄平仄

这是把五言第三、四两字的平仄对调，七言第五、六两字的平仄对调。对调以后，五言第一字、七言第三字不再是不拘平仄的，而是必须用平声。例如：

送杜少府之任蜀州　　[唐]王　勃

城阙辅三秦，风烟望五津。

与君离别意，同是宦游人。

海内存知己，天涯若比邻。

无为在歧路[1]，儿女共沾巾。

月　夜　　[唐]杜　甫

今夜鄜州月，闺中只独看[2]。

遥怜小儿女，未解忆长安。

香雾云鬟湿，清辉玉臂寒。

何时倚虚幌，双照泪痕干？

咏怀古迹 （其三） ［唐］杜 甫

群山万壑赴荆门，生长明妃尚有村。

一去紫台连朔漠，独留青冢向黄昏。

画图省识春风面，环佩空归月夜魂。

千载琵琶作胡语，分明怨恨曲中论！

这种句式多数被用在尾联的出句，即律诗的第七句、绝句的第三句。

2.五言出句二、四字同仄，七言出句四、六字同仄。——依前面五讲的说法，平仄脚的律句，在五言是⊗仄平平仄，在七言是⊕平⊗仄平平仄；但是，这个格式也有一个变格，就是：

五言:⊗仄⊕仄仄

七言:⊕平⊗仄⊕仄仄

这里五言第二、四两字都用仄声（全句可以有四仄，甚至

56

五仄），七言第四、六两字都用仄声。但是，有一个附带的条件，就是五言对句第三字、七言对句第五字必须用平声。例如：

与诸子登岘山　　[唐]孟浩然

人事有代谢，往来成古今。

江山留胜迹，我辈独登临。

水落鱼梁浅，天寒梦泽深。

羊公碑尚在，读罢泪沾襟。

草　　[唐]白居易

离离原上草，一岁一枯荣。

野火烧不尽，春风吹又生。

远芳侵古道，晴翠接荒城。

又送王孙去，萋萋满别情。

夜泊水村　　[宋]陆　游

腰间羽箭久凋零,太息燕[1]然未勒铭。

老子犹堪绝大漠,诸君何至泣新亭?

一身报国有万死,双鬓向人无再青!

记取江湖泊船处,卧闻新雁落寒汀。

　　讲到这里,我们知道"二四六分明"的口诀也不完全适用了。

　　3.孤平拗救。——所谓孤平,只限于平脚的句子,指的是五字句的仄平仄仄平、七字句的仄仄仄平仄仄平。由于除了韵脚必须用平声以外,只剩一个平声字,所以叫做孤平。凡不合平仄的句子叫做拗句。拗句和律句是反义词。孤平的句子也是拗句的一种。但是,拗句可以补救。补救的办法是:前面本该用平声的地方用了仄声,就在后面适当的位置用上一个平声以为抵偿。所谓孤平拗救,是指仄平脚的句子五言第一字用仄,第三字用平;七言第三字用仄,第五字用平,就是:

---

1. 燕[yān]音烟。

五言:仄平平仄平

七言:⑫仄仄平平仄平

试看下面的例子:

夜泊山寺　　　[唐]李　白

危楼高百尺,手可摘星辰。

不敢高声语,恐惊天上人。[1]

回乡偶书　　　[唐]贺知章

少小离家老大回,乡音无改鬓毛衰。

儿童相见不相识,笑问客从何处来。[2]

---

1. "恐"字系仄声,下面用平声"天"字来补救。
2. "客"字系仄声,下面用平声"何"字来补救。

〔明〕蓝瑛 《山水图轴》

咸阳城东楼　　[唐]许　浑

一上高楼万里愁，蒹葭杨柳似汀洲。

溪云初起日沉阁，山雨欲来风满楼。[1]

鸟下绿芜秦苑夕，蝉鸣黄叶汉宫秋。

行人莫问当年事，故国东来渭水流。

　　孤平拗救常常和二、四字同仄的出句（在七言则是四、六字同仄）同时并用，像上文所引孟浩然的"往来成古今"、陆游的"双鬓向人无再青"都是。这样，倒数第三字（如孟诗的"成"字，陆诗的"无"字）所用的平声非常吃重，它一方面用于孤平拗救，另一方面还被用来补偿出句所缺乏的平声。总的原理是律诗、绝句不能用过多的仄声字。上文所讲第一种特殊句式，五言第三字用了仄声，第四字就必须补一个平声，而且第一字不能再用仄声，也是这个道理。

　　我们应该把变格和例外区别开来。变格是律诗所容许的格式，平平仄平仄的格式甚至能用于试帖诗；例外则是偶然出现

---

1. "欲"字系仄声，下面用平声"风"字来补救。

的,如杜甫的"昔闻洞庭水"、孟浩然的"八月湖水平"。有时候,诗人可以写一些古风式的律诗,完全不拘平仄,叫做拗体。但拗体是罕见的,这里不详细讨论了。

对仗

绝句用不用对仗是自由的；如果用对仗，一般用在首联。律诗中间两联必须用对仗；在唐人的律诗中偶然也有少到一联对仗的，那只是例外。至于对仗多到三联，则是相当常见的现象，特别是在首句不入韵的情况下是如此。三联对仗，常常是首联、颔联和颈联。例如：

旅夜书怀　　[唐]杜　甫

细草微风岸，危樯独夜舟。

星垂平野阔，月涌大江流。

名岂文章著，官应老病休。

飘飘何所似？天地一沙鸥。

谷口书斋寄杨补阙　　[唐]钱　起

泉壑带茅茨,云霞生薜帷。

竹怜新雨后,山爱夕阳时。

闲鹭栖常早,秋花落更迟。

家童扫罗径,昨与故人期。

野　望　　[唐]杜　甫

西山白雪三城戍,南浦清江万里桥。

海内风尘诸弟隔,天涯涕泪一身遥。

惟将迟暮供多病,未有涓埃答圣朝。

跨马出郊时极目,不堪人事日萧条。

66

［明］沈贞 《竹炉山房图》（局部）

登高　[唐]杜甫

登
高

风急天高猿啸哀,渚清沙白鸟飞回。

无边落木萧萧下,不尽长江滚滚来。

万里悲秋常作客,百年多病独登台。

艰难苦恨繁霜鬓,潦倒新停浊酒杯。

　　对仗首先要求句型的一致。例如杜诗首联"细草微风岸",这是一个没有谓语的句子,必须找另一个没有谓语的句子(这里是"危樯独夜舟")来对它。又如颈联"名岂文章著","著名"这个动宾结构被拆开放在一句的两头;对句是"官应老病休","休官"这个动宾结构也拆开放在一句的两头,才算对上了。又如钱诗颔联"竹怜新雨后,山爱夕阳时","竹怜"不是真正的主谓结构,"山爱"也不是真正的主谓结构,实际上是"怜新雨后的竹,爱夕阳时的山",这样它们的句型就一致了。

　　对仗要求词性相对,名词对名词,形容词对形容词,动词对动词,副词对副词,上文已经讲过了。此外还有三种特殊的对仗:第一是数目对,如"万里悲秋常作客,百年多病独登台";第二是颜色对,如"客路青山下,行舟绿水前";第三是方位对,

68

如"西山白雪三城戍,南浦清江万里桥"。

名词还可以分为若干小类,如天文、时令、地理等。例如"星垂平野阔,月涌大江流","星"对"月"是天文对,"野"对"江"是地理对。又如"海日生残夜,江春入旧年","夜"和"年"是时令对。

凡同一小类相对,词性一致,句型又一致,叫做工对(就是对得工整)。例如"青山横北郭,白水绕东城",这是工对。邻类相对也算工对,例如"一去紫台连朔漠,独留青冢向黄昏","朔"(北方)对"黄"是方位对颜色;又如"海日生残夜,江春入旧年","日"对"春"是天文对时令。两种事物常常并提的,也算工对,例如"感时花溅泪,恨别鸟惊心","花"对"鸟"是工对;"乱花渐欲迷人眼,浅草才能没马蹄","人"对"马"是工对。有所谓借对,这是借用同音字为对,例如"西山白雪三城戍,南浦清江万里桥","白"对"清"是借对,因为"清"与"青"同音。

凡五字句有四个字对得工整,也就算得工对。例如"星垂平野阔,月涌大江流",虽然"阔"是形容词,"流"是动词,也算工对。又如"感时花溅泪,恨别鸟惊心",虽然"时"与"别"不属于同一个小类,其余四字已经非常工整,也就不必再计较了。七字句有四五个字对得工整,也就算得工对。例如"无边落木萧萧下,不尽长江滚滚来","边"是名词,"尽"是动词,似乎不对,但是"无"对"不"被认为工整,而"无"字后面必须跟名词,

"不"字后面必须跟动词或形容词,只能做到这样了。

有一种对仗是句中自对而后两句相对。这样的对仗就只要求句中自对的工整,不再要求两句相对的工整,只要词类相对就行了。例如"海内风尘诸弟隔,天涯涕泪一身遥","风"对"尘","涕"对"泪"已经很工整,"风尘"对"涕泪"就可以从宽了。又如"惟将迟暮供多病,未有涓埃答圣朝","迟"与"暮"相对,"涓"与"埃"相对,两句相对就可以从宽了。

过分追求对仗的工整会束缚思想。杰出的诗人能做到内容和形式的统一。一般说来,晚唐的对仗比盛唐的对仗工整,但是晚唐的诗不及盛唐的诗的意境高超。可见片面地追求对仗的工整是不能达到写好诗的目的的。

第八讲

古风

古风又称古体诗,它是跟律诗又称今体诗(或近体诗)对立的。古风的主要特点是:

　　1.不但可以用平韵,而且可以用仄韵,又可以换韵;2.用韵较宽,不受韵书的限制;3.不拘平仄;4.不拘对仗;5.不拘字数。

　　试看下面两个例子:

月下独酌　　　[唐]李　白

花间一壶酒,独酌无相亲。

举杯邀明月,对影成三人。

月既不解饮,影徒随我身。

暂伴月将影,行乐须及春。

我歌月徘徊，我舞影零乱。

醒时同交欢，醉后各分散。

永结无情游，相期邈云汉。

望 岳　　[唐]杜 甫

岱宗夫如何？齐鲁青未了。

造化钟神秀，阴阳割昏晓。

荡胸生层云，决眦入归鸟。

会当凌绝顶，一览众山小。

　　应该注意，古风的字数可能与律诗的字数适相符合，但不能因此就认为是律诗。如杜甫的《望岳》虽然恰巧用了四十个字，但它用的是仄韵，而且不拘平仄，所以不是律诗。

　　自从有了律诗以后，诗人们写古风的时候，尽可能少用律句，多用拗句，以求格调高古。拗句的平仄特点主要是：五言二、四字同声，七言二、四字或四、六字同声。在上面所举的两首古风中，"花间"句、"举杯"句、"月既"句、"行乐"句、"我歌"

句、"醒时"句、"相期"句、"岱宗"句、"齐鲁"句、"阴阳"句、"荡胸"句,都是二、四字同声的。

如果从三字尾看,拗句有这样四种三字尾:1.仄平仄;2.仄仄仄;3.平仄平;4.平平平。

在上面所举的两首古风中,"花间"句、"暂伴"句、"我舞"句、"醉后"句、"相期"句、"阴阳"句、"决眦"句、"一览"句,都是仄平仄收尾的;"月既"句是仄仄仄收尾的;"影徒"句、"行乐"句都是平仄平收尾的;"独酌"句、"对影"句、"醒时"句、"永结"句、"岱宗"句、"荡胸"句,都是平平平收尾的。这样,只剩下"造化"句是律句,诗人着意避免律句是很明显的。

也有相反的情况,那就是所谓入律的古风。这种古风基本上用的是律句,而且在许多地方粘对合乎律诗的规定。例如:

桃源行　　　［唐］王　维

渔舟逐水爱山春,两岸桃花夹古津。

坐看红树不知远,行尽青溪忽值人。

山口潜行始隈隩,山开旷望旋平陆。

遥看一处攒云树,近入千家散花竹。

樵客初传汉姓名，居人未改秦衣服。

居人共住武陵源，还从物外起田园。

月明松下房栊静，日出云中鸡犬喧。

惊闻俗客争来集，竞引还家问都邑。

平明闾巷扫花开，薄暮渔樵乘水入。

初因避地去人间，及至成仙遂不还。

峡里谁知有人事，世中遥望空云山。

不疑灵境难闻见，尘心未尽思乡县。

出洞无论隔山水，辞家终拟长游衍。

自谓经过旧不迷，安知峰壑今来变？

当时只记入山深，青溪几度到云林。

春来遍是桃花水，不辨仙源何处寻。

就上面这一首古风来看，可以说全首都是律句；其中有一大半是正常的律句，一小半是变格的律句。入律的古风在押韵上有一个特点，就是往往四句一换韵（有时是六句一换韵），而

［明］仇英 《桃源仙境图》

且是平韵和仄韵交替。这样就像许多首平韵七绝和仄韵七绝交织起来的长诗。白居易的《长恨歌》和《琵琶行》也可以算是入律的古风，不过不像这一首全用律句罢了。

古风分为五言古诗（简称五古）和七言古诗（简称七古）。上面所举李白的《月下独酌》、杜甫的《望岳》就是五古，王维的《桃源行》就是七古。此外还有一种杂言，又称长短句。杂言诗往往以七字句为主，夹杂着三字句、五字句，有时候还夹杂着四字句、六字句以至十字句。下面是杂言诗的一个例子：

兵车行　　［唐］杜　甫

车辚辚，马萧萧，行人弓箭各在腰。

耶娘妻子走相送，尘埃不见咸阳桥。

牵衣顿足拦道哭，哭声直上干云霄。

道傍过者问行人，行人但云点行频。

或从十五北防河，便至四十西营田。

去时里正与裹头，归来头白还戍边。

边庭流血成海水,武皇开边意未已。

君不闻汉家山东二百州,千村万落生荆杞!

纵有健妇把锄犁,禾生陇亩无东西。

况复秦兵耐苦战,被驱不异犬与鸡!

长者虽有问,役夫敢申恨?

且如今年冬,未休关西卒。

县官急索租,租税从何出?

信知生男恶,反是生女好。

生女犹得嫁比邻,生男埋没随百草。

君不见青海头,古来白骨无人收。

新鬼烦冤旧鬼哭,天阴雨湿声啾啾。

杂言诗一般不另立一类,只归入七言古诗。

第九讲

词牌和词谱

词牌是词调的名称。所谓词调，包括词的字数、韵数以及平仄格式。凡举一首词为例，注明字数、押韵的地方，以及某字可平可仄等等，叫做词谱。

　　词也是长短句，但是它跟古风杂言诗的长短句不同，因为词的字数是固定的，韵数是固定的，平仄也是固定的。词人们依照词谱来写词，叫做填词。

　　词牌有《菩萨蛮》《忆秦娥》《忆江南》《虞美人》《浣溪沙》《浪淘沙》《清平乐》《如梦令》《蝶恋花》《渔家傲》《西江月》《风入松》《鹧鸪天》《满江红》《念奴娇》《水调歌头》《沁园春》《凤凰台上忆吹箫》，等等。词牌可以等于题目，如白居易的《忆江南》。但是，一般地说，词牌并不是词的题目。词可以没有题目；如果有题目，只注在词牌的下面。每一个词牌有一个词谱，也有多到几个词谱的，叫做又一体（但其中只有一种是常见的）。

　　现在试举《忆江南》为例：

忆江南 （又名望江南） 二十七字

平⊕仄，⊕仄仄平平。⊠仄⊕平平仄仄，⊕平⊠仄仄平平。⊠仄仄平平。

忆江南 ［唐］白居易

江南好，风景旧曾谙。日出江花红胜火，春来江水绿如蓝。能不忆江南？

忆江南 ［唐］温庭筠

梳洗罢，独倚望江楼。过尽千帆皆不是，斜晖脉脉水悠悠。肠断白蘋洲。

望江南　　　[南唐]李　煜

多少恨，昨夜梦魂中。还似旧时游上苑，车如流水马如龙。花月正春风！

词有单调，有双调。单调不分段，《忆江南》就是单调的例子。双调分为两段，前段叫做前阕，后段叫做后阕。前后阕的字数、韵数、平仄格式往往是一致的，这就好像一个歌谱配上两首歌词。试举《浪淘沙》和《蝶恋花》为例：

浪淘沙　　五十四字

‖仄仄仄平平，仄仄平平。平平仄仄仄平平。仄仄平平平仄仄，仄仄平平。‖[1]

----

1. "‖"号表示重复一次，下同。

臨風作態筆端尋
芳限鳥
衣裾好音欲畫童
前多羣
言花光掩韻興無
涼
乾隆八年
四月暮春堂□之

[清]李鱓　《桃花柳燕图》

浪淘沙　　[南唐]李　煜

帘外雨潺潺，春意阑珊。罗衾不耐五更寒。梦里不知身是客，一晌贪欢。　　独自莫凭栏，无限江山。别时容易见时难。流水落花春去也，天上人间！

浪淘沙　　[宋]欧阳修

把酒祝东风，且共从容。垂杨紫陌洛城东。总是当时携手处，游遍芳丛。　　聚散苦匆匆，此恨无穷。今年花胜去年红。可惜明年花更好，知与谁同！

蝶恋花　（又名鹊踏枝）　六十字

‖仄仄平平平仄仄。仄仄平平，仄仄平平仄。仄仄平平平仄仄。平平仄仄平平仄。‖

蝶恋花 [宋]晏 殊

六曲阑干偎碧树。杨柳风轻,展尽黄金缕。谁把钿筝移玉柱?穿帘海燕双飞去。 满眼游丝兼落絮。红杏开时,一霎清明雨。浓睡觉来莺乱语,惊残好梦无寻处!

蝶恋花 [宋]苏 轼

花褪残红青杏小。燕子飞时,绿水人家绕。枝上柳绵吹又少,天涯何处无芳草? 墙里秋千墙外道。墙外行人,墙里佳人笑。笑渐不闻声渐杳,多情却被无情恼!

更常见的情况是:或者是前后阕的字数不完全相同,或者是平仄格式稍有变化,但是基本上还是一致的。试举《菩萨蛮》为例:

88

菩萨蛮　四十四字

㊉平㊑仄平平仄，㊉平㊑仄平平仄。㊑仄仄平平，㊑平㊉仄平。　㊉平平仄仄，㊑仄平平仄。㊑仄仄平平，㊑平㊉仄平。[1]

菩萨蛮　　[唐]李　白(？)

平林漠漠烟如织，寒山一带伤心碧。暝色入高楼，有人楼上愁。　玉阶空伫立，宿鸟归飞急。何处是归程？长亭连短亭！

菩萨蛮·书江西造口壁　　[宋]辛弃疾

郁孤台下清江水，中间多少行人泪？西北是长安，可怜无数山！　青山遮不住，毕竟东流去。江晚正愁余，山深闻鹧鸪。

---

1. 这个词谱共用四个韵，并且是仄声韵和平声韵交替。前后阕末句不能犯孤平。

又试举《忆秦娥》《浣溪沙》等为例:

忆秦娥　四十六字

平平仄,⊕平仄仄平平仄。平平仄,⊕平仄仄,仄平平仄。

⊕平仄仄平平仄,⊕平仄仄平平仄。平平仄,⊕平仄仄,仄平

平仄。[1]

忆秦娥　　　[唐]李　白(?)

箫声咽,秦娥梦断秦楼月。秦楼月,年年柳色,灞陵伤别。　　乐游原上清秋节,咸阳古道音尘绝。音尘绝,西风残照,汉家陵阙。

1.前后阕第三句叠三字。

忆秦娥　[宋]范成大

楼阴缺，阑干影卧东厢月。东厢月，一天风露，杏花如雪。　　隔烟催漏金虬咽，罗帏黯淡灯花结。灯花结，片时春梦，江南天阔。

浣溪沙　四十二字

⊗仄平平仄仄平，㊎平⊗仄仄平平。㊎平⊗仄仄平平。
⊗仄㊎平平仄仄，㊎平⊗仄仄平平。㊎平⊗仄仄平平。[1]

浣溪沙　[宋]晏　殊

一曲新词酒一杯，去年天气旧池台。夕阳西下几时回？　　无可奈何花落去，似曾相识燕归来。小园香径独徘徊。

---

1. 后阕首二句一般都用对仗。

浣溪沙　　[宋]秦　观

漠漠轻寒上小楼，晓阴无赖似穷秋。淡烟流水画屏幽。　　自在飞花轻似梦，无边丝雨细如愁。宝帘闲挂小银钩。

满江红　九十三字

仄仄平平，平平仄、平平仄仄。平平仄、平平仄仄，平平仄仄。仄仄平平平仄仄，平平仄仄平平仄。仄平平、仄仄仄平平，平平仄。　　平平仄，平平仄。平仄仄，平平仄。仄平平仄仄、仄平平仄。仄仄平平平仄仄，平平仄仄平平仄。仄平平、仄仄仄平平，平平仄。[1]

---

1. 此调一般用入声韵。

山雨横秦岭满楼

邓之诚书拟云

[清]袁耀 《山雨欲来图》

满江红   [宋]岳 飞

怒发冲冠,凭栏处、潇潇雨歇。抬望眼、仰天长啸,壮怀激烈。三十功名尘与土,八千里路云和月。莫等闲、白了少年头,空悲切!   靖康耻,犹未雪;臣子恨,何时灭? 驾长车踏破、贺兰山缺。壮志饥餐胡虏肉,笑谈渴饮匈奴血。待从头、收拾旧山河,朝天阙。[1]

满江红·金陵怀古   [元]萨都剌

六代豪华,春去也、更无消息。空怅望、山川形胜,已非畴昔。王谢堂前双燕子,乌衣巷口曾相识。听夜深、寂寞打孤城,春潮急。   思往事,愁如织;怀故国,空陈迹。但荒烟衰草、乱鸦斜日。玉树歌残秋露冷,胭脂井坏寒螀泣。到而今、只有蒋山青,秦淮碧。

---

1. 照词谱应在"破"字后面略有停顿。

念奴娇 （百字令） 一百字

仄平平仄，仄平平平仄、平平平仄（或者是仄平仄、仄仄平平平仄）。仄仄平平平仄仄，仄仄平平仄仄。仄仄平平，平平平仄，仄仄平平仄。平平平仄，仄平平仄平仄。　　平仄平仄平平，仄平仄仄、仄仄平平仄（或者是平平平仄仄，平平平仄）。仄仄平平平仄仄（或仄仄平平，仄仄平），仄仄平平平仄。仄仄平平，平平仄仄，仄仄平平仄。平平平仄，仄平平仄平仄。[1]

———————————
1. 此调一般用入声韵。

念奴娇·赤壁怀古　　[宋]苏　轼

大江东去，浪淘尽、千古风流人物。故垒西边人道是：三国周郎赤壁。乱石穿空，惊涛拍岸，卷起千堆雪。江山如画，一时多少豪杰。　　遥想公瑾当年，小乔初嫁了，雄姿英发。羽扇纶巾谈笑处，樯橹灰飞烟灭。故国神游，多情应笑，我早生华发。人生如梦，一樽还酹江月。

念奴娇·书东流村壁　　[宋]辛弃疾

野棠花落,又匆匆过了、清明时节。划地东风欺客梦,一枕银屏寒怯。曲岸持觞,垂杨系马,此地曾经别。楼空人去,旧游飞燕能说。　　闻道绮陌东头,行人曾见、帘底纤纤月。旧恨春江流不尽,新恨云山千叠。料得明朝,樽前重见,镜里花难折。也应惊问,近来多少华发?

念奴娇·石头城　　[元]萨都剌

石头城上,望天低吴楚、眼空无物。指点六朝形胜地,惟有青山如壁。蔽日旌旗,连云樯橹,白骨纷如雪。大江南北,消磨多少豪杰!　　寂寞避暑离宫,东风辇路、芳草年年发。落日无人松径冷,鬼火高低明灭。歌舞樽前,繁华镜里,暗换青青发。伤心千古,秦淮一片明月!

为篇幅所限,不能把所有的词谱都写下来。清人万树编的《词律》和清人徐本立编的《词律拾遗》共收八百多个调,清人舒梦兰编的《白香词谱》共收一百个调,我的《汉语诗律学》共收二百零六个调,《诗词格律》共收五十个调,都可以参考。

第十讲

词韵和平仄

词韵和诗韵没有很大的分别，只是词韵比律诗的韵宽些。再说，由于词比诗更加接近口语，所以宋代词人不再拘泥唐人的韵部，而只凭当代的语音来押韵。试看下面的例子：

渔家傲　　[宋]范仲淹

　　塞下秋来风景异，衡阳雁去无留意。四面边声连角起。千嶂里，长烟落日孤城闭。　　浊酒一杯家万里，燕然未勒归无计。羌管悠悠霜满地。人不寐，将军白发征夫泪。

渔家傲

　　这里"异""意""起""里""闭""里""计""地""寐""泪"押韵。但是，如果依照唐韵，"异""意""起""里""里""地""寐""泪"是一类，"闭""计"是一类，这两类是不能互相押韵的。

　　上声字和去声字，在唐诗里很少互相押韵；到了宋词里就变为经常通押了。例如上文所举晏殊《蝶恋花》的"树""去""絮""处"是去声字,而"缕""柱""语"是上声字;苏轼《蝶恋花》的"小""绕""少""草""道""杳""恼"是上声字,而"笑"是去声字;辛弃疾《菩萨蛮》的"水"是上声字,而"泪"是去声字;范仲淹《渔家傲》的"异""意""闭""计""地""寐""泪"是去声字,而"起""里""里"是上声字(就现代普通话说,"柱""道"又变了去声)。至于入声韵,则仍旧是独立的。

　　现在讲到词句的平仄,请先看下面的几个例子:

长相思　　[唐]白居易

汴水流,泗水流,流到瓜洲古渡头。吴山点点愁。

思悠悠,恨悠悠,恨到归时方始休。月明人倚楼。

［清］袁耀 《汉宫秋月图》

摊破浣溪沙　　[南唐]李　璟

菡萏香销翠叶残,西风愁起绿波间。还与韶光共憔悴,不堪看!　　细雨梦回鸡塞远,小楼吹彻玉笙寒。多少泪珠何限恨,倚阑干!

虞美人　　[南唐]李　煜

春花秋月何时了?往事知多少!小楼昨夜又东风,故国不堪回首月明中。　　雕阑玉砌应犹在,只是朱颜改。问君能有几多愁?恰似一江春水向东流!

清平乐　　[宋]黄庭坚

春归何处?寂寞无行路。若有人知春去处,唤取归来同住。　　春无踪迹谁知?除非问取黄鹂。百啭无人能解,因风飞过蔷薇。

如梦令　[宋]秦　观

莺嘴啄花红溜,燕尾剪波绿皱。指冷玉笙寒,吹彻小梅春透。依旧,依旧,人与绿杨俱瘦!

鹊桥仙　[宋]秦　观

纤云弄巧,飞星传恨,银汉迢迢暗渡。金风玉露一相逢,便胜却人间无数。　柔情似水,佳期如梦,忍顾鹊桥归路!两情若是久长时,又岂在朝朝暮暮?

凤凰台上忆吹箫　[宋]李清照

香冷金猊,被翻红浪,起来慵自梳头。任宝奁尘满,日上帘钩。生怕离愁别苦,多少事欲说还休!新来瘦,非干病酒,不是悲秋。　休休!这回去也,千万遍阳关,也则难留!念武陵人远,烟锁秦楼。惟有楼前流水,应念我终日凝眸。凝眸处,从今又添,一段新愁!

律句是词的基础,不但五字句和七字句绝大多数是律句,连三字句、四字句、六字句、九字句也都是由律句变来的。现在仔细分析如下:

二字句,等于律句的平仄脚,如"依旧";又等于律句的平平脚,如"休休"。

三字句,等于律句的三字尾。1.平平仄,如"江南好""新来瘦""凝眸处";2.平仄仄,如"梳洗罢""多少恨""千嶂里""人不寐";3.仄仄平,如"汴水流""泗水流";4.仄平平,如"不堪看""倚阑干"。

四字句,等于七言律句的上四字。1.㊉平㊃仄,如"春归何处""纤云弄巧""飞星传恨""柔情似水""佳期如梦""被翻红浪""非干病酒";2.㊃仄平平(注意:第三字一般不用仄声),如"香冷金猊""日上帘钩""不是悲秋""烟锁秦楼"。

五字句,等于五言律句。1.仄仄平平仄,如"往事知多少";2.㊉平平仄仄,如"玉阶空伫立""青山遮不住";3.仄仄仄平平,如"昨夜梦魂中";4.平平仄仄平,如"吴山点点愁"。注意:有一种五字句实际上是一字逗加四字句,即仄——㊉平㊃仄,如"任——宝奁尘满""念——武陵人远"。

六字句,等于七言律句的上六字。1.㊃仄㊉平㊃仄,如"唤取归来同住""百啭无人能解""银汉迢迢暗渡""忍顾鹊桥归路""莺嘴啄花红溜""燕尾剪波绿皱""吹彻小梅春透""人与绿杨俱瘦""生怕离愁别苦""惟有楼前流水";2. Ⓟ平Ⓧ仄平平(注意:第五字一般不用仄声),如"春无踪迹谁知""除非问取黄鹂""因风飞过蔷薇"。

七字句,等于七言律句。1. Ⓟ平Ⓧ仄平平仄(注意:第五字一般只用平声),如"平林漠漠烟如织";2. Ⓧ仄Ⓟ平平仄仄,如"塞下秋来风景异";3. Ⓟ平Ⓧ仄仄平平,如"问君能有几多愁";4. Ⓧ仄平平仄仄平,如"菡萏香销翠叶残"。注意:有一种七字句实际上是三字逗加四字句。1.仄Ⓧ仄——平平Ⓧ仄,如"便胜却——人间无数""又岂在——朝朝暮暮";2.平Ⓧ仄——Ⓧ仄平平,如"多少事——欲说还休""应念我——终日凝眸"。

九字句,等于二字逗加七言律句,即Ⓧ仄——Ⓟ平Ⓧ仄仄平平,如"故国——不堪回首月明中""恰似——一江春水向东流"。也有等于四字逗加五言律句的。

词中还有一些拗句。有的是律句的变格,如"还与韶光共憔悴"(Ⓧ仄平平仄平仄)、"有人楼上愁"(仄平平仄平);有的是不拘平仄,如"从今又添,一段新愁"("添"字没有用仄声)。

词中也有一些特定的平仄格式,如《忆秦娥》前后阕末句必须是仄平平仄或平平平仄,而不能用平平仄仄。这些都是要从词谱中仔细体会的。

后　记

　　本书最初由《北京日报》分十天连载。后由北京出版社出版。1964 年作了个别改动后,收入《语文小丛书》。现在,为了适应社会需要,又重新进行了修订,增换了一些例子,改正了个别错误。

附录一

诗词的平仄

我们热烈欢呼毛主席给陈毅同志谈诗的一封信的发表。这是文艺界的一件大喜事,是中国人民的一件大喜事。毛主席教导我们,写诗要用形象思维,这是诗歌创作实践的艺术经验的总结,将对我国文艺发展产生极其深远的影响。比兴是我国诗歌的优良艺术传统,毛主席归结为形象思维,赋予更丰富、更深刻的艺术内容。毛主席的诗词是革命现实主义和革命浪漫主义相结合的作品,是革命的政治内容和尽可能完美的艺术形式的统一的光辉典范,而形象思维则是毛主席诗词的高度艺术性的表现。毛主席把他的诗歌艺术经验传授给我们,我们必须好好领会,运用到我们的诗歌创作中去。

　　毛主席在信中还教导我们写律诗要讲平仄,不讲平仄,即非律诗。近年来,许多人喜欢写一些"七律"投寄报社,诗是好诗,报纸上给他发表了,但是应删去"七律"二字,因为诗中不讲平仄,不是律诗。

　　现在我谈谈诗词的平仄。

古代汉语有四个声调:平声、上声、去声、入声。诗人把这四个声调分为两大类:平声是一类,叫做平声;上、去、入三声合成一类,叫做仄声。律诗,是依照一定的平仄格式写成的。词和律诗一样,也是依照一定的平仄格式写成的。三声合成一类,叫做仄声。律诗,是依照一定的平仄格式写成的。词和律诗一样,也是依照一定的平仄格式写成的。

现代汉语普通话已经没有入声,古入声字转入了其他声调。华北大部分地区的方言和西南官话也都没有入声。在西南官话里,古入声字一律转入阳平。这些地区的人要辨认入声字,只能查书(如《诗韵新编》)。但是,现代还有许多方言是保存着入声的,例如江浙、广东、福建、山西(部分)、湖南(部分)、江西(部分)等地,这些地区的人辨别平仄是没有困难的。

律诗有五律、七律两种。五律有四种平仄格式,但是最常见的只有一种,就是:

Ⓢ仄平平仄,平平仄仄平。

Ⓟ平平仄仄,Ⓢ仄仄平平。

Ⓢ仄平平仄,平平仄仄平。

Ⓟ平平仄仄,Ⓢ仄仄平平。

西　行　　[唐]陈　毅

万里西行急，乘风御太空。

不因鹏翼展，那得鸟途通。

海酿千钟酒，山栽万仞葱。

风雷驱大地，是处有亲朋。[1]

七律也有四种平仄格式，但是最常见的只有两种，就是：

　平平仄仄仄平平，仄仄平平仄仄平。

　仄仄平平平仄仄，平平仄仄仄平平。

　平平仄仄平平仄，仄仄平平仄仄平。

　仄仄平平平仄仄，平平仄仄仄平平。

长　征　　毛泽东

红军不怕远征难，万水千山只等闲。

五岭逶迤腾细浪，乌蒙磅礴走泥丸。

金沙水拍云崖暖，大渡桥横铁索寒。

更喜岷山千里雪，三军过后尽开颜。[2]

---

1. "急""不""翼""得"入声。

2. "礴""拍""铁""索""雪"入声。

113

（仄）仄（平）平仄仄平，（平）平（仄）仄仄平平。

（平）平（仄）仄平平仄，（仄）仄平平仄仄平。

（仄）仄（平）平平仄仄，（平）平（仄）仄仄平平。

（平）平（仄）仄平平仄，（仄）仄平平仄仄平。

冬 云　毛泽东

雪压冬云白絮飞，万花纷谢一时稀。

高天滚滚寒流急，大地微微暖气吹。

独有英雄驱虎豹，更无豪杰怕熊罴。

梅花欢喜漫天雪，冻死苍蝇未足奇。[1]

五绝是五律的一半，就是：

（仄）仄平平仄，平平仄仄平。

（平）平平仄仄，（仄）仄仄平平。

1."漫"读平声，音蛮。"雪""压""白""一""独""杰""足"入声。

114

登鹳雀楼　　[唐]王之涣

白日依山尽，黄河入海流。

欲穷千里目，更上一层楼。[1]

七绝是七律的一半，就是：

　　⊕平⊗仄仄平平，⊗仄平平仄仄平。

　　⊗仄⊕平平仄仄，⊕平⊗仄仄平平。

下江陵　　[唐]李　白

朝辞白帝彩云间，千里江陵一日还。

两岸猿声啼不住，轻舟已过万重山。[2]

　　⊗仄平平仄仄平，⊕平⊗仄仄平平。

　　⊕平⊗仄平平仄，⊗仄平平仄仄平。

---

1. "白""日""入""欲""目""一"入声。
2. "白""一""日""不"入声。

为女民兵题照 毛泽东

飒爽英姿五尺枪,曙光初照演兵场。
中华儿女多奇志,不爱红装爱武装。[1]

前人有一个口诀:"一三五不论,二四六分明。"这个口诀是不全面的,诗论家批评了它。五言第三字、七言第五字,一般是要论的。特别是在五言平平仄仄平、七言仄仄平平仄仄平这一类句型中,五言第一字、七言第三字必须用平声,否则叫做犯孤平。有时候,诗人要在这种地方用一个仄声字,则在五言第三字、七言第五字用一个平声字作为补偿,例如李白《夜泊山寺》"恐惊天上人"、《宿五松山下荀媪家》"月光明素盘",贺知章《回乡偶书》"笑问客从何处来",许浑《咸阳城东楼》"山雨欲来风满楼"。这叫做孤平拗救。

律诗、绝句有一种特殊句型,就是把五言平平平仄仄改为平平仄平仄(第一字必平),七言仄仄平平平仄仄改为仄仄平平仄平仄(第三字必平)。这种句型往往用在绝句第三句、律诗第七句,例如岑参《见渭水思秦川》"凭添两行泪",杜甫《江南逢李龟年》"正是江南好风景",李白《渡荆门送别》"仍怜故乡

---

1. "飒""尺""不"入声。

水",毛主席《送瘟神》"借问瘟君欲何往"、《答友人》"我欲因之梦寥廓"。

律诗、绝句上句和下句的平仄必须相反,叫做对,否则叫做失对。前联下句和后联上句的平仄必须相同,叫做粘,否则叫做失粘。初唐、盛唐某些诗人偶然写了一些失粘的诗,如王维《送元二使安西》:"渭城朝雨浥轻尘,客舍青青柳色新。劝君更尽一杯酒,西出阳关无故人。"至于失对,则诗人绝对不犯的。

律诗之所以要讲究平仄,是为了增强诗歌的音乐性。平声是个平调,上声是个升调,去声是个降调,入声是个促调。所谓仄声,仄就是不平的意思。诗人用字音平仄的错综交替来形成声调抑扬的美。沈约所谓"欲使宫羽相变,低昂互节",就是让声调错综交替,使诗歌富于音乐性的意思。五律一句共有三个节拍,即仄仄|平平|仄,平平|仄仄|平;平平|平|仄仄,仄仄|仄|平平。七律一句共有四个节拍,即平平|仄仄|平平|仄,仄仄|平平|仄仄|平;仄仄|平平|平|仄仄,平平|仄仄|仄|平平。可见一句之中,平仄是交替的,而且是有节奏的。上句和下句平仄相反(叫做对),是避免上下两句平仄的雷同。后联上句和前联下句平仄相同(叫做粘),是避免前后相连的两联平仄的雷同。由此看来,律诗的平仄格式是曲尽声调错综变化之妙的。

词有词谱,词谱就是词的平仄格式。每一种词牌(如《浪淘

（沙》）都有一词谱，例如：

Ⓧ仄仄平平，Ⓧ仄平平，Ⓟ平Ⓧ仄仄平平。Ⓧ仄Ⓟ平平仄仄，Ⓧ仄平平。[1]

浪淘沙·北戴河　　毛泽东

大雨落幽燕，白浪滔天，秦皇岛外打鱼船。一片汪洋都不见，知向谁边？　　往事越千年，魏武挥鞭，东临碣石有遗篇。萧瑟秋风今又是，换了人间。[2]

词的句子多数是律句，五字句就是五律的平仄，七字句就是七律的平仄，四字句是七律的前四字，等等。《浪淘沙》的句子就都是律句。但是也有不是律句的，例如《念奴娇》每段最后一句是Ⓟ平Ⓟ仄平仄。苏轼《念奴娇·赤壁怀古》"一时多少豪杰、一樽还酹江月"；毛泽东《念奴娇·昆仑》"谁人曾与评说、环球同此凉热"；《念奴娇·鸟儿问答》"哎呀我要飞跃""试看天地翻覆"，都是这种平仄。须要按词谱填写。

有些字的平仄，要依旧诗的读音，例如"看"字有平、去两

---

1. 下半首平仄同。
2. "燕"平声，音烟。"落""白""一""不""越""碣""石""瑟"入声。

读,"今朝更好看""险处不须看""战士指看南粤""试看天地翻覆","看"字都读平声,但是"巡天遥看一千河","看"字却读去声。有些字,意义不同,读音也就不同,例如"万木霜天红烂漫、待到山花烂漫时","漫"字读去声;"漫江碧透、赣江风雪迷漫处、梅花欢喜漫天雪","漫"字却读平声。讲平仄时,须要注意这一点。

附录二

中国格律诗的传统和
现代格律诗的问题

一

　　对于什么是格律诗,大家的见解可能有分歧。我这里所谈的格律诗是广义的;自由诗的反面就是格律诗。只要是依照一定的规则写出来的诗,不管是什么诗体,都是格律诗。举例来说,古代的词和散曲可以认为是格律诗,因为既然要按谱填词或作曲,那就是不自由的,也就是格律诗的一种。韵脚应该认为是格律诗最基本的东西。有了韵脚,就构成了格律诗;仅有韵脚而没有其他规则的诗,可以认为是最简单的格律诗。在西洋,有人以为有韵的诗如果不合音步的规则应该看成是自由诗(例如法国象征派诗人的诗);又有人把那些只合音步规则但是没有韵脚的诗叫做素诗(歌剧常有此体)。我觉得在讨论中国的格律诗的时候,没有这样详细区别的必要。

　　人们对格律诗容易有一种误解,以为格律诗既然是有规则的,"不自由"的,一定是诗人们主观制定的东西。从这一个推理出发，还可以得出结论说，自由诗是原始的诗体，而格律诗则是后起的，不自然的。但是，诗歌发展的历史和现代各民族诗歌的事实都证明这种见解是错误的。

诗是音乐性的语言。可以说远在文字产生以前，也就产生了诗。劳动人民在休息的时候，吟诗（唱歌）是他们的一种娱乐。节奏是诗的要素，最原始的诗就是具有节奏的。当然，由于时代的不同和民族的不同，诗的节奏是多种多样的。但是，只要是节奏，就有一种回环的美，即旋律的美。诗的艺术形式，首先表现在这种旋律的美上。相传帝尧的时代有老人击壤而歌，击壤也就是在耕地上打拍子。《书经》说："诗言志，歌永言，声依永，律和声。"大意是说诗是歌唱的，而这种歌唱又是配合着音乐的，乐谱里的声音高低是要依照着歌词的原音的高低的。既然是依词定谱，这就要求原诗有整齐匀称的节奏。当然，我们要详细知道几千年以前的诗的节奏是困难的，但是，上古的诗从开始就有了相当整齐的节奏，那是无可怀疑的。

韵脚是诗的另一要素。可以这样说：从汉代到五四运动以前，中国的诗没有无韵的。《诗经》的国风、小雅、大雅也都有韵，只有周颂里面有几章不用韵，也可以认为是上古的自由诗吧。正是由于上古自由诗是那样的少，战国时代到"五四"时代又没有自由诗，可见格律诗是中国诗的传统。

韵不一定用在句子的最后一个字上。《诗经》中的"江之广矣,不可泳思;江之永矣,不可方思",这四句诗的韵是用在倒数第二个字上的。《诗经》里这样的例子很不少。《楚辞》也有相似的情况。到了后代,在词里也偶然还有这种押韵法。

　　中古以后,平仄和四声的规则成为中国诗的格律的重要构成部分。平仄和四声也不是诗人们制造出来的,而是人民的语言里本来存在着的。古人说沈约"发明"四声,那是和事实不符的。沈约、周颙等人意识到当时的汉语存在着四种声调,沈约并且写了一部《四声谱》。但是,平仄的格律也并不是沈约一个人所能规定的。直到唐代有了律诗,才有了严格的平仄规则。沈约自己的诗里面并没有按照律诗的平仄。从5世纪到8世纪,经过三百年的诗人们的长期摸索,才积累了足够的经验,形成了完备的律诗。从5世纪中叶到7世纪初期,大约一百五十年中间,是从古诗到律诗的过渡时期。这个时期的诗叫做齐梁体。齐梁体已经具备了律诗的雏形,但是句子的数目还不一定,平仄也还没有十分固定,特别是上下句的平仄关系(专门术语叫做对和粘)还没有标准。初唐的时候,律诗逐渐形成,但是格律还不太严。景龙年间(8世纪初期),律诗才算成了定式。但是,即使在盛唐时代,各个诗人也还不一致。王维比杜甫早不了许多,但是王维的律诗的格律就比杜甫宽些。这一个历史事实证明了一个最重要的原理:诗的格律是历代诗人们艺术经验的总结。诗律不是任何个人的创造,而是艺术的积累。这样的格律才能使社会乐于接受,这样的格律才能使诗具有真正的形式的美,即声调的美。

依照律诗的平仄而且用平韵的绝句是律诗产生以后才产生的。在此以前,虽然也有五言四句的诗,但是没有依照律诗的平仄。特别是七言绝句,更显得是律诗以后的产物,因为鲍照[1]以前的七言诗都是句句押韵的, 而绝句则是第三句不押韵,像律诗的第三、五句或第七句。关于绝句的历史,诗论家们意见很不一致。有人把它分为古绝、律绝二种。古绝是不依照律诗的平仄的。

律诗以后, 平仄的因素在中国诗的格律上占着非常重要的地位。甚至号称"古风"的诗有些也是用绝句凑成的,所谓元和体就是这一种。词用的是长短句,和字数匀称的律诗大不相同了,但是大多数的五字句和七字句都用的是律句(平仄和律诗的句子一样),甚至三字句和四字句也往往用的是七言律句的一半。词学家们认为词的平仄比诗更严,因为诗句可以"一三五不论"(第一、三、五字平仄不拘),而词往往三五不能不论;诗的拗句(例如五言句第三、四字的平仄互换)只是有时用来代替正句的,而词则有些规定用拗句的地方不能用正句。有些词句的平仄是和律句不同的,但也要照填,不能改变。散曲

---

1. 南朝宋文学家,与北周庾信并称"鲍庾",在游山、赠别、咏史、拟古等方面均有佳作留世,有力推动了中国古典诗歌的发展。——编者注

除衬字外,也要和词一样讲究平仄。仄声包括上去入三声,在诗句里规定仄声的地方可以任意选用这三声;至于词曲的某些场合就不同了,该用去声的不能用上,该用上声的不能用去。周德清和万树等人都讲过这个道理。这也不能说是"作茧自缚";词曲是为了给人歌唱的,要使每一个字的声调高低和曲谱配得上,平仄就不得不严。

曲的产生,在中国格律诗的历史上算是一次革命。语言是发展的:汉语由唐代到宋代(从 7 世纪到 13 世纪)已经五六百年,语言已经发生了很大的变化,律诗所依据的韵类和平仄已经和口语发生分歧了。举例来说,北方话的"车遮"和"家麻"已经不是同韵的字,入声已经转为平上去声。部分上声也已经转为去声,这些都在北曲中得到了反映。但是,这种革命只是改变了不适应时代的韵脚和平仄,至于中国诗的格律,则还没有发生大的变化。曲中的杂剧由于构成戏剧的内容,不可能不以口语为依据。诗词仍然在士大夫中间流行,仍然运用着不适应时代的韵脚和平仄。

对仗在中国格律诗中也占相当重要的地位。律诗规定中间四句用对仗,这是大家都知道的。词也有规定用对仗的地方,例如《西江月》前后关头两句就必须用对仗。曲虽然比较自由,但是,有些地方照例还是非用对仗不可,例如《越调·斗鹌鹑》头四句就是照例要用对仗的。

五四运动带来了中国诗的空前的巨大变革。原来的格律被彻底推翻了,代替它的不是一种新的格律,而是绝对自由的自由诗。这是中国诗的一种进步,是文学史上的一个重要的转折点,因为当时的中国诗不但内容不能反映时代,连形式也是一千多年以前的旧形式。当时作为诗的正宗的仍然是所谓近体诗,即律诗和绝句,以及所谓古体诗,即古风。上文说过,这些诗所押的韵脚是以一千多年以前所定的韵类为依据的,这些韵类已经在很大程度上和口语分歧,就律诗和绝句来说,平仄和四声也和现代语言不相符合。如果说格律词束缚思想的话,这种旧式格律诗给诗人们双重枷锁;它不但本身带着许多清规戒律(如平仄粘对),而且人们还不能以当代的语音为标准,差不多每用一个字都要查字典看它是属于什么声调,每押一个韵脚都要查韵书看它是属于什么韵类。当然对于老练的秀才、举人们并不完全是这种情况,但是对于当时的新青年来说,说旧诗的格律是双重枷锁,一点儿也不夸大。因此,我们无论提倡或不提倡现代格律诗,都应该肯定"五四"时代推翻旧格律的功绩。如果我们现在提倡格律诗,也绝不是回到"五四"以前的老路,不是复古,而是追求新的发展。

二

上面叙述了中国格律诗的传统,目的在于通过历史的事实来看现代诗的发展前途。我们研究历史,是为了向前看,不是为了向后看。我们要看清楚现代诗是经过什么样的道路形成的, 同时也就可以根据这个历史发展过程来推断中国诗将来大概会变成什么样子。如果推断有错误,常常是由于缺乏正确的历史主义观点。我自己还没有足够的马列主义修养来保证我的历史观点是正确的, 因此我所引出的结论就不一定可靠,只是提出来以供参考。

诗歌起源于劳动人民的创造,这是不容怀疑的事实。《诗经》的《国风》不管经过文人怎样的加工,其中总有一部分是以劳动人民的口头创作作为基础的。历代的诗人,比较有成就的都常常从民间文艺中吸取滋养。有些诗歌的体裁显然在最初是来自民间的,例如招子庸的《粤讴》、郑板桥和徐灵胎的《道情》,都是民间先有了这种东西,然后诗人们来加以提炼和提高。

民歌的起源很古。现在流行的七字句的民歌,可能是起源于所谓竹枝词。据说竹枝词是配合着简单的乐器("吹短笛击鼓"),可以是两句,也可以是四句。后来也有一种经过诗人加工的民歌。刘禹锡、白居易等人都是竹枝词的能手。万树在《词律》中注意到"白乐天、刘梦得等作本七言绝句",但又说"平仄可不拘,若唐人拗体绝句者"。其实民歌何尝是仿照什么拗体?劳动人民自己创作的民歌常常不受格律的束缚, 他们往往只要押韵,而不管平仄粘对的规则。这样,民歌就成为以绝句形式为基础的半自由体的诗。我个人认为民歌在格律上并没有特殊的形式,它也是依照中国诗的传统,只不过比较自由,比较的不受格律的约束罢了。

我不同意把民歌体和歌谣体区别开来。民歌既然不受拘束,它有很大的灵活性,既不限定于五七言,也不限定于四句(绝句的形式)。这样,就和歌谣体没有分别了。

总之,我觉得关于现代格律诗要不要以民歌的格律为基础的争论没有什么意义,因为我认为民歌没有特殊的格律。如果说民歌在格律上有什么特点的话,那么这个特点就表现在突破格律,而接近于自由诗。

问题在于是否可以由作家来提倡和创造一种新的格律诗。

我想,提倡当然是可以的,特别是在这个"百花齐放、百家争鸣"的时代。创造呢,那就要看我们怎样了解这个"创造"。如果说,"创造"指的是作家自己独创的风格,那当然是可以的。如果说,一位作家创造了某种形式,另一些作家也模仿他的形式,那也是很可能的。但是如果说,一位作家创造出一种格律,成为今后的统治形式或支配形式,那就不大可能。中国格律诗的发展历史告诉我们,作为统治形式或支配形式的律诗和绝句以及后来词曲中的律句,都不是某一位作家创造出来的,而是群众的创造,并且是几百年艺术经验的总结。假使我们希望由一位作家创造出一种形式，而这种形式又能成为群众公认的格律,这恐怕只是一种空想。

外国的情况也是这样。法国占着支配地位的格律诗是所谓亚历山大体(十二音诗)。这种形式来源于 12 世纪的一部叙事诗《亚历山大的故事》,这是一位行吟诗人的作品,似乎可以说是他创造了这种诗体。但是我们还不能这样说。这位行吟诗人只用了整齐的每行十二个音节的格式，这只是亚历山大体的雏形,正像齐梁体是律诗的雏形一样。亚历山大体在节奏上的许多讲究,都是后来许多时代的诗人逐渐改进的。在 16 世纪以前,亚历山大体并没有被人们普遍应用,也就是说它还没有成为诗人们公认的格律。经过了 16 世纪的大诗人杜贝莱(Du Bellay)和雷尼耶(Régnier)相继加以补充，然后格律逐渐严密起来,而人们也才普遍应用这种格律。

有些诗人被认为是创造了新的诗体，实际上往往是不受传统格律的约束,争取较大的自由或完全的自由。惠特曼所提倡的自由体，那只是对格律的否定，而不是创造什么新的格律。法国象征派诗人的自由诗没有惠特曼那样自由,他们主要是对传统的格律进行了一定程度的破坏，而代之以一些新的技巧。值得注意的是,他们的诗的艺术(包括他们所提倡的技巧)只能成为一个派别,他们的自由体并没有代替了法国传统的格律而成为统治形式或支配形式。

罗蒙诺索夫被认为是俄国诗律改革者,但是音节-重音的诗体也还不是他一个人发明的,特烈季亚科夫斯基在他的前面已经开了先河。而特烈季亚科夫斯基却又是受了民歌的影响。可见一种新格律的形成不是一蹴而就的。

我觉得有必要把技巧和格律区别开来。诗人可以在语言形式上,特别是在声音配合上运用种种技巧,而不必告诉读者他已经用了这种技巧,更不必作为一种格律来提倡。诗论家们所津津乐道的"摹拟的和谐"的妙用,但是拉辛和雨果自己并没有指出这种技巧,而只是让读者自己去体会它。

上文说过,中国诗自从齐梁体以后,平仄和四声在格律上占着非常重要的地位。有人惊叹地指出,杜审言的五言律诗《早春游望》每一句都是平上去入四声俱全(其中有两句不能四声俱全,只能具备三声,那是由于另一规则的限制)。朱彝尊说过:"老杜律诗单句句脚必上去入俱全。"我查过杜甫所有的律诗,虽然不能说每一首都是这样,但是有许多是这样。杜甫的《咏怀古迹》五首,其中有三首是合于这种情况的;《秦州杂诗》二十首,其中有十六首是合于这种情况的。这绝不会是偶然的。但是,这仍旧不算是格律,因为诗人们并没有普遍地依照这种形式来写诗。

当然技巧也有可能变为格律。在齐梁时代,平仄的和谐还只是一种技巧,到了盛唐,这种和谐成为固定的格式,也就变了格律。在律诗初起的时候,格律较宽,也许真像后代所传的口诀那样"一三五不论",但是,诗人们实践的结果,觉得平平仄仄平这种五字句的第一字和仄仄平平仄仄平这一种七字句的第三字是不能不论的,否则平声字太少了就损害了和谐(有一个专门术语叫做犯孤平);除非在五言的第一字和七言的第三字用了仄声之后,再在五言的第三字和七言的第五字改用平声以为补救(有一个专门术语叫做拗救)。还有一种情况:五言的平平平仄仄的第一字和七言的仄仄平平平仄仄的第三字本来是不拘平仄的;但是,这种句式有一个很常见的变体,在五言是平平仄平仄,在七言是仄仄平平仄平仄,在这种变体中,五言的第一字和七言的第三字就不能不拘平仄,而是必须用平声。这种地方已经成为一种"不成文法",凡是"熟读唐诗三百首"的诗人们都不会弄错,于是技巧变成了格律,从盛唐到晚清,诗人们都严格遵守它了。

所以我觉得现代的作家在提倡格律诗的时候,不必忙于规定某一种格律;最好是先作为一种技巧,把它应用在自己的作品里。只要这种技巧合于声律的要求,自然会成为风气,经过人民群众的批准而变成为新的格律。也许新的格律诗的形成并不是直线进行的,而是经过迂回曲折的道路,也就是说,集合了几辈子的诗人的智慧,经过了几番修改和补充,然后新的、完美的格律诗才最后形成了。

三

现在似乎并没有人反对建立现代格律诗。张光年同志赞成何其芳同志这样一个意见："诗的内容既然总是饱和着强烈的或者深厚的感情，这就要求着它的形式便利于表现出一种反复回旋、一唱三叹的抒情气氛。有一定格律是有助于造成这种气氛的。"(《人民日报》1959 年 1 月 29 日）

新的格律诗将来是怎样形成的呢？这就有分歧的意见了。冯至同志说："目前的诗歌有两种不同的诗体在并行发展：自由体和歌谣体……这两种的不同的诗体或许会渐渐接近，互相影响，有产生一种新形式的可能。"(《文艺报》1950 年 3 月 10 日）何其芳同志说："我的意见不大相同。我认为民歌和新诗的完全混合是不大好想象的。如果是吸收新诗的某些长处，但仍然保存着民歌体的特点，仍然是以三个字收尾，那它就还是民歌体。如果连民歌体的特点都消失了，那它就是新诗体。如果是民歌体的句法和调子和新诗体的句法和调子相间杂，这样的诗倒是过去和现在都有的，但那是一种不和谐不成熟的杂乱的形式，严格讲来，不成其为一种诗歌的形式。"(《文学评论》1959 年第 1 期）我不大明白何其芳同志的意思。冯至同志的话是很灵活的，"接近"和"影响"可以有种种不同的方式。何其芳同志所说的那些不和谐不成熟的杂乱的形式，似乎只能说目前两种诗体还没有"接近",不能因此就断定将来也不可能。但是,冯至同志的话也给人一种印象:仿佛现在有两种不同的诗体,将来新形式产生了之后,就不再有民歌体和自由体了。关于这一点,我同意何其芳同志的意见:"民歌体是会在今后相当长的时期内还要存在的;新诗是一定会走向格律化,但不一定都是民歌体的格律,还会有一种新的格律;格律体的新诗以外,自由体的新诗也还会长期存在。"(《文学评论》1959年第 1 期)

　　何其芳同志说:"要解决新诗的形式和我国古典诗歌脱节的问题, 关键就在于建立格律诗。"(《文学评论》1959 年第 2期)这句话正确地指出了新格律诗的方向。既然新格律可以解决新诗的形式和我国古典诗歌脱节的问题, 似乎也就是使新诗的形式和民歌的形式接近,从而产生新的形式,也就是张光年同志所说的"旧形式、旧格律可以推陈出新成为新形式、新格律"。但是,将来的格律诗不管是什么样的格律,它一定不同于自由体,因为自由体是作为格律诗的对立物而存在的。能不能从此就消减了自由体呢? 我看不可能,也不应该。自由体在形式上没有格律诗的优美(这是就一般情况而说的),但是它的优点是便于抒发感情,没有任何形式的束缚。如果同一作家既写格律诗又写自由诗, 正如唐代诗人既写律诗又写古风一样,是没有什么奇怪的。能不能消减民歌体呢?我看也不可能。

上文已经说过，民歌本来就是既采用绝句形式而又不受平仄拘束的半自由体，将来无论采用什么新的格律，民歌总会要求更多的自由，更多地保存中国诗的传统。现代欧洲既有严密的格律诗，也有自由诗和民歌，将来中国诗的情况，我想也会是一样的。

四

怎样建立现代格律诗，这是一个非常复杂的问题。我是一个不会写诗的人，我就随便发表一点意见吧。

首先我觉得，诗的格律是有客观标准的。它应该具有民族特点和时代特点。每一条规则都不是哪一位诗人主观想象出来的，而是诗人们根据艺术上的需要建立起来的。例如上文所说的唐诗的平仄规则，似乎很繁琐，但是目的只有一个，就是要求声调的平衡。诗人们遵守这个规则，不是服从哪一位权威，而是公认这是合于艺术要求，使诗句增加形式的美。现在我们如果要建立新格律，这就是一个最重要的原则。

其次，新的格律诗应该具有高度的音乐的美，也就是要求在韵律上和节奏上有高度的和谐。从格律的角度看，诗就是声音的回环。节奏最和谐的散文，也不能和优美的格律诗相比，因为格律诗的节奏和韵律的手段是那么多样化，必然使它从形式上区别于散文。音响的巨大作用构成了格律诗的美学的因素。古今中外的大诗人一般都具有极敏锐的音乐耳朵；反过来说，最丰富的想象如果没有丰富多彩的音响之美伴随着，也不能不认为是美中不足。这又是一个最重要的原则。

这两个原则不是平行的，而是互相包涵的。艺术的客观要求正是要求这个音响之美。大家对于这两个原则，大概不会有不同的意见。但是，当诗人们把这两个原则具体化了的时候，分歧的意见就会产生了。我对于格律诗怎样具体化，没有什么成熟的意见，谈不上主张什么，反对什么。我只是愿意提出一些问题，促使诗人们注意并考虑。

要建立现代格律诗，民族特点是必须重视的。我们可以先从韵脚的问题谈起。什么地方押韵，什么地方不押，哪一句跟哪一句押，都和民族的传统有关，例如越南诗的六八体，单句六个字，双句八个字，但是双句第六字和单句第六字押韵。越南著名的叙事诗（韵语小说）《金云翘》就是这样押韵的。在我们看来是那样奇特的格律，在越南诗人看来是那样和谐，这就是民族传统在起着作用。"五四"以后，有些新诗是押韵的，但是它们的押韵方法往往是模仿西洋的。最突出的情况是用抱韵（第一句和第四句押韵，第二句和第三句押韵，十四行诗的头两段就是这样）。中国诗可以说是没有这种押韵的传统（词中有抱韵,那是极其个别的)。[1]这样勉强移植过来的押韵规则是不会为人民群众所接受的。其他像随韵(每两句一转韵)和交韵(第一句和第三句押韵,第二句和第四句押韵),虽然和我们的民族形式比较地接近,也还不见得完全合适。《诗经》里有随韵也有交韵,但是离开现在已经二千多年了。现在如果两句一转韵,中国人会觉得转得太快了,不够韵味,至于单句和单句押一个韵,双句和双句押另一个韵(交韵),在中国人看来也不自然。依照中国诗的传统,一般总是双句押韵,单句不押韵(第一句可押可不押),而且往往是一韵到底,如果要换韵也是《长恨歌》式的,以四句一换韵为主,而掺杂着其他方式,如两句一换韵,六句一换韵,八句一换韵等。

这并不是说新格律就只应该依照上述的押韵方式,而不可以有所改变。譬如说,句句押韵,这也是中国诗的传统。齐梁以前的七言诗是句句押韵的(所谓柏梁体,其实在齐梁以前,七言只有此体)。曹丕、曹植、曹睿的七言诗都是这样。曹植甚至有两首六言诗《妾薄命行》也是句句押韵的。宋词和元曲,句句押韵的也很不少。如果我们同意突破五七言的旧形式,广泛

1. 孔广森《诗声分例》有首尾韵例,也就是抱韵。但是他所举的《诗经》两个例子都是靠不住的,至少是不够典型的。第一个例子是《小雅·车攻》叶"饮调同柴","调"与"同"叶是可疑的;第二个例子是《大雅·抑》叶"政酒绍刑",江有皓以为"政"字非韵,而"王"与"刑"通韵。

地运用十一字句或十二字句(下文还要谈到),那么,句句押韵更是适合艺术的要求,因为每句的音节多了,隔句押韵就显得韵太疏了。隔句押韵的五言诗,如果不从意义观点看,单从格律观点看,应该算是十言诗。隔句押韵的七言诗也应该算是十四言诗。现在如果我们运用十个字以上造成诗句,不是应该句句押韵吗?这样才是更合理地继承了中国诗的传统,如果字数增加了一倍,而押韵的情况不变,那么,传统的继承只是表面的。

韵脚是格律诗的第一要素,没有韵脚不能算是格律诗。

格律诗的第二要素是节奏。节奏的问题比韵脚的问题还要复杂得多。平常我们对于节奏往往只有一个模糊的概念。假定诗句中每两个字一顿,既然每顿的字数均匀,就被认为有了节奏。有时候,每顿的字数并不均匀,有三字一顿的,有两字一顿的,但是,每行的顿数相等,也被认为有节奏。有时候,不但每顿的字数不相等,连每行的字数也不相等,只要有了一些顿,也被认为有节奏。其实顿只表示语音的停顿,它本身不表示节奏;顿的均匀只表示形式的整齐,也不表示节奏。

节奏,从格律诗来说,这是可以较量的语言单位在一定时隙中的有规律的重复。这是最抽象的定义。由于各种语言都有语音体系上的特点,所以诗的节奏在不同的语言中各有它的不同的具体内容。音步就是节奏在各种语言中的具体表现,因此各种语言的诗律学中所谓音步也就具有不同的含义。在希腊和拉丁的诗律学里,长短音相间构成音步,因为这两种语言的每一个元音都分为长短两类;在德语和英语的诗律学里,轻重音相间构成音步,因为这两种语言的音节都有重音和非重音的分别;在法语里,音步的定义和前面所述的两种音步大不相同,音步指的是诗行的一个音节,因为法语既不像希腊、拉丁那样有长短元音的配对,又不像德语和英语那样具有鲜明突出的重音。俄语的诗律学在 17 世纪到 18 世纪初期用的是音节体系,也就是法国式;后来特烈季亚科夫斯基和罗蒙诺索夫等诗人发现法国式的格律并不完全适合俄语的语音特点,法国的重音固定在一个词的最后音节,俄语的重音没有固定的位置,因此改为音节–重音体系,这个体系不但使每一诗行的音相等,同时也使每行重音的数目相等,位置相当。这一切都说明了上文所强调的一个原理:诗的格律不是诗人任意创造出来的,而是根据语言的语音体系的特点,加以规范。

语音有四大要素:1.音色;2.音长;3.音强;4.音高。除音色和节奏无关以外,其他三要素都可能和节奏发生关系。而且也只有这三种要素可以构成节奏,其他没有什么可以构成节奏的了。法国诗虽然用的是音节体系,也不能不讲究重音的位置,例如十二音诗中到第六音节必须是一个重音。17 世纪俄国的音节体系也有同样的要求。总之,节奏必须是由长短音相间、强弱音相间或者高低音相间来构成。所谓重音和非重音，可能是强音和弱音，可能是高音和低音，又可能是兼而有之。

就中国诗的传统来说，律绝的格律可能是音节-重音体系，不过和俄语诗律学上的音节-重音体系不同，因为古代汉语的重音和非重音是高低音，而俄语的重音和非重音是强弱音。还有一种可能（我比较地相信这种可能），那就是音节-音长体系。古代平声大约是长音，仄声大约是短音，长短相间构成了中国诗的节奏。但是，中国的律句又不同于希腊、拉丁的诗行：希腊、拉丁是一长一短相间或者一长两短相间，而中国的五言律句则是两短两长相间，后面再带一个短音（仄仄平平仄），或者是中间再插进一个短音（仄仄仄平平），又或者是两长两短相间，中间插进一个长音（平平平仄仄），或者是后面再带一个长音（平平仄仄平）。而且，对句的平仄不是与出句相同的，而是相反的。这是一种很特别的节奏。

现代汉语的声调系统和各调的实际音高虽然和古代不同了，但是仍然有着声调的存在。如果说诗的格律应该反映语言的语音体系的特点的话，声调（平仄四声）正是汉语语音体系的最大特点，似乎现代格律诗不能不有所反映。齐梁时代沈约等人发现汉语这个特点，逐步建立了新的格律诗（中国的比较严密的格律诗应该认为从盛唐开始），盛唐以后，不但近体诗有了固定的平仄，连古风的平仄也有一定的讲究（见赵执信

《声调谱》)。这样从语言特点的基础上建立起来的严密的格律应该认为一种进步,大诗人杜甫等也都运用这种格律来写诗。我们之所以喜欢古典诗歌的声调铿锵,也就是喜欢这种平仄的格律。我们在考虑继承优良的文学遗产的时候,对于这个一千多年来产生巨大影响的平仄格律也许还应该同时考虑一下。当然我们不能再用古代的平仄,而应该用现代的平仄。人们对平仄之所以存着神秘观念,主要是由于律诗所用的平仄和现代汉语里的声调系统不符。如果拿现代的平仄作为标准,人人都可以很快地学会。特别是汉语拼音方案在全国推行以后,将来小学生也能懂得现代汉语的声调系统,平仄的概念再也不是神秘的东西了。问题还不在于学习的难易,而在于合理不合理;新的格律必须以现代活生生的口语作为根据,而不能再以死去了的语言作为根据。

假定声调的交替被考虑作为新格律诗的节奏的话（我只能假定,因为在诗人们没有试验以前,不能说任何肯定的话）,那就要考虑现代汉语各个声调的实际调值,因为节奏中所谓高低相间或长短相间(汉语的声调主要是高低关系,但也有长短关系),必须以口语为标准。以现代汉语而论,我们能不能仍然把声调分为平仄两类,即以平声和非平声对立起来呢?能不能另分两类,例如阳平和上声作一类,阴平和去声作一类呢?能不能四声各自独立成类,互相作和谐的配合呢?这都需要进行深入细致的科学研究工作,然后可以得出一个结论。最后一个问题(四声互相配合问题)实际上是一个旋律问题,已经超出了节奏问题之外,但仍然是值得研究的。

我有一个很不成熟的意见。我以为仍然可以把声调分为平仄两类,阴平和阳平算是平声,上声和去声算是仄声(入声在普通话里已经转到别的声调去了)。从普通话的实际调值来看,阴平和阳平都是高调和长调,上声和去声都是低调和短调(去声可长可短,短的时候较多,上声全调虽颇长,但多数只念半调)。这样可以做到高低相间,长短相间。所谓长短相间,不一定是平平仄仄,仄仄平平,也可以考虑两字一节奏,三字一节奏。形式可以多样化,但是要求平衡、和谐。因为我的意见太不成熟,所以不打算多谈了。

除了声调作为节奏以外,还可以想象强弱相间做为节奏,类似俄语诗律学里所谓音节–重音体系。普通话里有所谓轻音,容易令人向这一方面着想。诗人们似乎不妨做一些尝试。但是我们对这一方面的困难要有足够的估计。现代汉语里只有轻音是分明的,并无所谓重音,许多复音词既不带轻音(如"帝国主义""无产阶级""共产党""拖拉机"),也就很难构成强弱相间的节奏。

这并不是说,我们可以不考虑轻重音的问题。相反地,也许轻重音的节奏比高低音的节奏更有前途,因为轻重音在现代汉语的口语里本来就具有抑扬顿挫的美,在诗歌中,轻重音如果配合得平衡、和谐,必然会形成优美的韵律。刚才我说汉语里无所谓重音,但是在朗诵诗歌的时候,尽可以结合逻辑的要求,对某些字音加以强调,使它成为重音。不过我仍然认为汉语的轻音与非轻音的区别,和俄语的重音与非重音的区别很不相同。我们恐怕不能要求每一顿都有声重音相间。我们所应该参考的是:尽可能使各个诗行的位置相对应,至少不要让轻音和非轻音相对应(特别是在半行的语音停顿上),这样也就能形成音节的和谐。

是不是可以建议诗人们把这两种节奏——高低音的节奏和干重音的节奏——都考虑一下,分头做一些尝试?将来哪一种好,就采用哪一种。如果实践的结果两种都好,自然可以并存。也许两种节奏可以结合起来,而不一定是互相排斥的。

方言问题增加了现代格律诗问题的复杂性。诗是给全国人民朗诵的。但是,由于全国各地的汉语方言很复杂,甲地吟咏起来非常和谐的一首诗,到了乙地,也许在形式上完全不能引起人们的美感,或者令人觉得还有缺点。有些诗的韵脚,诗人用自己的口语念起来非常和谐,另一些诗人念起来并不十分和谐,这就是方言作祟的缘故。声调也有同样的问题。但是,最困难的还是轻音问题。关于韵脚和平仄,各地方言虽有分歧,毕竟还有许多共同点。至于作为语音体系的轻音和非轻音的分别,在许多方言里根本没有这种东西,这些方言区域的人不但不会运用轻重律,而且也不会欣赏轻重律。这些困难的解决有待于普通话的推广。

总之,格律诗离开了声音的配合是不可以想象的。声音的配合是有很具体的内容的,空洞地谈和谐和节奏是不能建立起来新的格律诗的。谈到声音的配合,问题很多,其中包括语言不统一的问题。因此,我主张由诗人们从各方面做种种的尝试,百花齐放,作为技巧来互相竞赛,而不忙建立新的格律诗。

五

要建立现代格律诗,时代特点也是必须重视的。何其芳同志注意到现代汉语里的双音词很多,从而建议在这一个时代特点上考虑一种新的格律,他这个观点是完全正确的。对于何其芳同志的看法,有两种不同的意见:一种意见以为现代的单音词仍然很多,另一种意见以为古代的双音词也很多。多少当然只是相对的说法;古今比较,今多于古就应该算是多。的确,现代单音词还是不少的,特别是存在着大量的单音动词,但是五四运动以后,双音词大量增加是事实,这种情况还将继续下去。至于古代,自然不能说没有双音词,但是毕竟比现代少得多。唐弢同志引《文心雕龙·丽辞篇》来证明古代也有许多双音词,那是一种误会。《文心雕龙》所谓"丽辞"只是指骈偶来说的,也就是指骈体文中双句平行的情况;不是指的双音词。

何其芳同志说:"文言中一个字的词最多……现在的口语却是两个字以上的词最多。要用两个字、三个字以至四个字的词来写五七言诗,并且每句收尾又要以一字为一顿,那必然会写起来很别扭,而且一行诗所能表现的内容也极其有限了。"(《关于现代格律诗》)他这一段话有两个意思:第一是现代诗应该突破五七言的字数限制;第二是现代诗应该改为基本上以两字顿收尾(这是参看他的下文得出来的)。何其芳同志似乎比较着重在说明第二个意思,我在这里想补充他的第一个意思。

一个很简单的算术。假定一个词代表一个概念(当然复杂概念不只是一个词,而虚词又不表示一般的概念),那么,古代七个字能代表七个概念,现代七个字只能代表四个概念(假定其中有一个单音词);古代五个字能代表五个概念,现代五个字就只能代表三个概念。何其芳同志所谓"一行诗所能表现的内容也极其有限了",我想就是指的这个意思。中国古代的词就有八字句、九字句、十字句和十一字句。诗中的古风也有超过七字的句子,现在我们突破五七言,也不算违反了中国诗的传统。不过也要注意一件事实:在古代诗词中,奇数音节的句子是占优势的。律诗中只有五七言,这是大家所知道的(偶然有所谓六言律,只是聊备一格)。词中所谓八字句往往只是上三下五("更那堪——冷落清秋节")或上一下七("况——兰堂逢著寿筵开"),而十字句则是非常少见的。根据现代双音词大量产生的特点,这种情况会大大改变。将来占优势的诗句可能不再是奇数音节句,而是偶数音节句,即八字句、十字句和十二字句,至少可以说,偶数音节句和奇数音节句可以并驾齐驱。

何其芳同志注意到三字尾是五七言诗句的特点,这也是事实。本来,最常见的五言诗句是上二下三,最常见的七言诗句是上四下三,所以三字尾是奇数音节的自然结果。如果突破奇数音节,同时也就很容易突破三字尾的限制。何其芳同志说"每行的收尾应该基本上是两个字的词",这个意思不容易懂,因为三字尾也可能以两个字的词或词组收尾(如杜甫的"江上小堂巢翡翠,苑边高冢卧麒麟")。我想,如果在字数上突破了五七言,双字尾和四字尾自然会大量增加;但是,三字尾和一字顿收尾似乎也不必着意避免。何其芳同志说了一个"基本上",会不会令人了解为尽可能做到的意思呢?

由于现代诗以口语为主,词尾的大量应用也突出了时代的特点。词尾("了""着""的"等)一般是念轻音的;它们进入句子以后,不但容易使诗句的字数增加,而且诗人还要考虑它们对节奏的影响。如果诗句中没有轻音字,每行字数的匀称可以增加整齐的美。豆腐干式并不都是可笑的;七言律诗如果分行写,不也是豆腐干式吗？如果轻重相间是有节奏的,诗行和诗行之间运用同一的格律,例如俄语的音节-重音体系,那么,每行音节相等正是应该的。不过因为俄文是拼音文字,每行音节数目虽然相同,写起来字母数目并不相同,所以不显得是豆腐干式。汉语方块字每一个方块代表一个音节, 所以造成豆腐干。将来汉语改用拼音文字,也就不会再是豆腐干了。但是,有一种豆腐干式的新诗的确是可笑的, 因为作者只知道凑足字数,轻音字和非轻音字一视同仁,例如第一句十个字当中没有一个轻音字,第二句十个字当中有三个或四个轻音字,这样在表面上虽然是匀称的,实际上是最不匀称的。轻音字不但念得轻,而且念得短,怎能和重读的字等量齐观呢？总之,现代格律诗和现代语法的关系是非常密切的。当我们研究现代格律诗的时候,应该注意到现代语法的一些特点。词尾、双音词的第二成分(如果是轻音)以及语气词等,都是应该给予特殊待遇的。

我的总的意见是:要建立现代格律诗,必须从历史发展看问题。重视中国诗的传统也就是重视格律诗的民族特点,这是历史发展问题的一方面。但是,我们不能墨守成规;语言发展了,现代格律诗也不能不跟着发展,所以我们要重视格律诗的时代特点,这是历史发展问题的另一方面。可以肯定地说,现代格律诗应该是从中国的传统的基础上, 结合时代特点建立起来的。至于怎样实现这一个原则,这就要求更深入的研究和诗论了。

原载《文学评论》,1959 年第 3 期

附录三

略论语言形式美

语言的形式之所以能是美的,因为它有整齐的美、抑扬的美、回环的美。这些美都是音乐所具备的,所以语言的形式美也可以说是语言的音乐美。在音乐理论中, 有所谓音乐的语言;在语言形式美的理论中,也应该有所谓语言的音乐。音乐和语言不是一回事,但是二者之间有一个共同点:音乐和语言都是靠声音来表现的,声音和谐了就美,不和谐就不美。整齐、抑扬、回环,都是为了达到和谐的美。在这一点上,语言和音乐是有着密切的关系的。

　　语言形式的美不限于诗的语言;散文里同样可以有整齐的美、抑扬的美和回环的美。从前有人说,诗是从声律最优美的散文中洗练出来的;也有人意识到,具有语言形式美的散文却又正是从诗脱胎出来的。其实在这个问题上讨论先有鸡还是先有蛋是没有意义的;只要是语言,就可能有语言形式美存在,而诗不过是语言形式美的集中表现罢了。

一、整齐的美

在音乐上,两个乐句构成一个乐段。最整齐匀称的乐段是由长短相等的两个乐句配合而成的,当乐段成为平行结构的时候,两个乐句的旋律基本上相同,只是以不同的终止来结束。这样就形成了整齐的美。同样的道理应用在语言上,就形成了语言的对偶和排比。对偶是平行的、长短相等的两句话;排比则是平行的、但是长短不相等的两句话,或者是两句以上的、平行的、长短相等的或不相等的话。

远在 2 世纪,希腊著名历史学家普鲁塔克就以善用排比的语句为人们所称道。直到现在,语言的排比仍然被认为是修辞学的重要手段之一。但是,排比作为修辞手段虽然是人类所共有的,对偶作为修辞手段却是汉语的特点所决定的。[1] 古代汉语以单音词为主。现代汉语虽然双音词颇多,但是这些双音词大多数都是以古代单音词作为词素的,各个词素仍具有它的独立性。这样就很适宜于构成音节数量相等的对偶。对偶在文艺中的具体表现就是骈体文和诗歌中的偶句。

骈偶的来源很古。《易·乾卦·文言》说:"同声相应,同气相求。"《左传·僖公三十三年》说:"武夫力而拘诸原,妇人智而免

---

1. 当然,和汉语同一类型的语言也能有同样的修辞手段。

诸国。"《诗·召南·草虫》说:"喓喓草虫,趯趯阜螽。"《邶风·柏舟》说:"觏闵既多,受侮不少。"《小雅·采薇》说:"昔我往矣,杨柳依依;今我来思,雨雪霏霏。"这种例子可以举得很多。

六朝的骈体文并不是突然产生的,也不是由谁规定的,而是历代文人的艺术经验的积累。秦汉以后,文章逐渐向骈俪的方向发展,例如曹丕《与朝歌令吴质书》说:"高谈娱心,哀筝顺耳。驰骋北场,旅食南馆。浮甘瓜于清泉,沉朱李于寒水。"又说:"节同时异,物是人非。"这是正向着骈体文过渡的一个证据。从骈散兼行到全部骈俪,就变成了正式的骈体文。

对偶既然是艺术经验的积累,为什么骈体文又受韩愈等人排斥呢?骈体文自从变成一种文体以后,就成为一种僵化的形式,缺乏灵活性,从而损害了语言的自然。骈体文的致命伤还在于缺乏内容,言之无物。作者只知道堆砌陈词滥调,立论时既没有精辟的见解,抒情时也没有真实的感情。韩愈所反对的也只是这些,而不是对偶和排比。他在《答李翊书》里说:"惟陈言之务去。"又在《南阳樊绍述墓志铭》里说:"惟古于词必己出,降而不能乃剽贼。"他并没有反对语言中的整齐的美。没有人比他更善于用排比了:他能从错综中求整齐,从变化中求匀称。他在《原道》里说:"博爱之谓仁,行而宜之之谓义,由是而之焉之谓道,足乎己无待于外之谓德。"又说:"是故君者出令者也,臣者行君之令者也,民者出粟米麻丝、作器皿、通货财，以事其上者也。"这样错综变化，就能使文气更畅。尽管是这样，他也还不肯放弃对偶这一个重要的修辞手段。他的对偶之美，比之庾信、徐陵，简直是有过之无不及。试看他在《送李愿归盘谷序》所写的"坐茂树以终日，濯清泉以自洁"；在《进学解》所写的"纪事者必提其要，纂言者必钩其玄"；在《答李翊书》所写的"养其根而俟其实，加其膏而希其光。根之茂者其实遂，膏之沃者其光晔"。哪一处不是文质彬彬、情采兼备的呢？

总之，如果我们能够做到整齐而不雷同，匀称而不呆板，语言中的对偶和排比，的确可以构成形式的美。在对偶这个修辞手段上，汉语可以说是"得天独厚"，这一艺术经验是值得我们继承的。

二、抑扬的美

在音乐中，节奏是强音和弱音的周期性的交替，而拍子则是衡量节奏的手段。譬如你跳狐步舞，那是四拍子，第一拍是强拍，第三拍是次强拍，第二、四两拍都是弱拍；又譬如你跳华尔兹舞，那是三拍子，第一拍是强拍，第二、三两拍都是弱拍。

节奏不但音乐里有，语言里也有。对于可以衡量的语音单位，我们也可以有意识地让地让它们在一定时隙中成为有规律的重复,这样就构成了语言中的节奏。诗人常常运用语言中的节奏来造成诗中的抑扬的美。西洋的诗论家常常拿诗的节奏和音乐的节奏相比,来说明诗的音乐性。在这一点上说,诗和音乐简直是孪生兄弟了。

由于语言具有民族特点,诗的节奏也具有民族特点。音乐的节奏只是强弱的交替,而语言的节奏却不一定是强弱的交替;除了强弱的交替之外,还可以有长短的交替和高低的交替。[1]譬如说,在希腊语和拉丁语中,长短音的区别很重要,希腊诗和拉丁诗的节奏就用的是长短律;在英语和俄语中,轻重音的区别很重要,英国诗和俄国诗的节奏就用的是轻重律。因此,希腊、罗马诗人的抑扬概念跟英、俄诗人的抑扬概念不同。尽管用的是同样的名称,希腊、罗马诗人所谓抑扬格指的是一短一长,英、俄诗人指的是一轻一重;希腊、罗马诗人所谓扬抑格指的是一长一短,英、俄诗人指的是一重一轻;希腊、罗马诗人所谓抑抑扬格指的是两短一长,英、俄诗人指的是两轻一重;希腊、罗马诗人所谓扬抑抑格指的是一长两短,英、俄诗人指的是一重两轻。[2]

---

1. 上文所说的都是可衡量的语音单位,因音的长度、强度、高度都是可以衡量的。

2. 抑扬格原文是 iambus,扬抑格原文是 trochee,抑抑扬格原文是 anapaest,扬抑抑格原文是 dactyl。

汉语和西洋语言更不相同了。西洋语言的复音词很多,每一个复音词都是长短音相间或者是轻重音相间的,便于构成长短律或轻重律;汉语的特点不容许有跟西洋语言一样的节奏。那么,汉语的诗是否也有节奏呢?[1]

从传统的汉语诗律学上说,平仄的格式就是汉语诗的节奏。这种节奏,不但应用在诗上,而且还应用在后期的骈体文上,甚至某些散文作家在他们的作品中也灵活地用上了它。

平仄格式到底是高低律呢,还是长短律呢?我倾向于承认它是一种长短律。汉语的声调和语音的高低、长短都有关系,而古人把四声分为平仄两类,区别平仄的标准似乎是长短,而不是高低。但也可能既是长短的关系,又是高低的关系。由于古代汉语中的单音词占优势,汉语诗的长短律不可能跟希腊诗、拉丁诗一样。它有它自己的形式。这是中国诗人们长期摸索出来的一条宝贵的经验。

汉语诗的节奏的基本形式是平平仄仄,仄仄平平。这是四

---

1. 由于西洋诗论家讲节奏,中国诗论家有时候也跟着讲节奏,但是其中有些是讲错了的。我在《中国格律诗的传统和现代格律诗的问题》中说:"平常我们对于节奏往往只有一个模糊的概念。假定诗句中每两个字一顿,既然每顿的字数均匀,就被认为有了节奏。有时候,每顿的字数并不均匀,有三字一顿的,有两字一顿的,但是,每行的顿数相等,也被认为有节奏。有时候,不但每顿的字数不相等,连每行的字数也不相等,只要有了一些顿,也被认为有节奏。其实顿只表示语音的停顿,它本身不表示节奏;顿的均匀只表示形式的整齐,也不表示节奏。"

言诗的两句。上句是两扬两抑格,下句是两抑两扬格。平声长,所以是扬;仄声短,所以是抑。上下两句抑扬相反,才能曲尽变化之妙。《诗·周南·关雎》诗中的"参差荇菜,左右流之",就是合乎这种节奏的。每两个字构成一个单位,而以下字为重点,所以第一字和第三字的平仄可以不拘。《诗·卫风·伯兮》诗中的"岂无膏沐?谁适为容!"同样是合乎这种节奏的。在《诗经》时代,诗人用这种节奏,可以说是偶合的,不自觉的,但是后来就渐渐变为自觉的了。曹操《短歌行》的"譬如朝露,去日苦多""周公吐哺,天下归心";《土不同》的"心常叹怨,戚戚多悲";《龟虽寿》的"神龟虽寿,犹有竟时""养怡之福,可得永年",这些就不能说是偶合的了。这两个平仄格式的次序可以颠倒过来,而抑扬的美还是一样的。曹操的《土不同》的"水竭不流,冰坚可蹈";《龟虽寿》的"烈士暮年,壮心不已",就是这种情况。[1]

有了平仄的节奏,这就是格律诗的萌芽。这种句子可以称为律句。五言律句是四言律句的扩展;七言律句是五言律句的扩展。由此类推,六字句、八字句、九字句、十一字句,没有不是以四字句的节奏为基础的。

五字句比四字句多一个字,也就是多一个音节。这一个音

---

1. 盛唐以后,诗的节奏又有改进。平收的四字句,其中的第三字盘尽可能不用仄声。平收的七字句,前四字是由仄仄平平组成,其中的第三字也尽可能不用仄声,直到宋词都是如此。

159

节可以加在原来四字句的后面,叫做加尾;也可以插入原来四字句的中间,叫做插腰。加尾要和前一个字的平仄相反,所以平平仄仄加尾成为平平仄仄平,仄仄平平加尾成为仄仄平平仄;插腰要和前一个字的平仄相同,所以平平仄仄插腰成为平平平仄仄,仄仄平平插腰成为仄仄仄平平。

五言律诗经过了一个很长的逐渐形成的过程。曹植的《箜篌引》有"谦谦君子德,磬折欲何求"。《白马篇》有"边城多警急,胡虏数迁移"。《赠白马王彪》有"孤魂翔故域,灵柩寄京师"。《情诗》有"游鱼潜绿水,翔鸟薄天飞"。这些已经是很完美的五言律句了,但是这种上下平仄相反的格式还没有定型化,曹植还写了一些平仄相同(后人叫做失对)的句子,例如《美女篇》的"明珠交玉体,珊瑚间木难"。沈约在《宋书·谢灵运传论》里说:"欲使宫羽相变,低昂互节。"又说:"若前有浮声,则后须切响。一简之内,音韵尽殊;两句之中,轻重悉异。"到了这个时候,诗的平仄逐渐有了定格。但是齐梁的诗仍有不对、不粘的律句。沈约自己的诗《直学省秋卧》:"秋风吹广陌,萧瑟入南闱。愁人掩轩卧,高窗时动扉。虚馆清阴满,神宇暧微微。网虫垂户织,夕鸟傍檐飞。缨佩空为忝,江海事多违。山中有桂树,岁暮可言归。"分开来看,句句都是律句[1];合起来看,却未能做

---

1. "愁人"句是律句的变格。参看拙著《诗词格律》。

到多样化的妙处,因为不粘、不对的地方还很多。[1] 到了盛唐,律诗的整个格式才算定型化了。

从五言律诗到七言律诗,问题很简单:只消在每句前面加上平仄相反的两个字就成了。从此以后,由唐诗到宋词,由宋词到元曲,万变不离其宗,总不外是平仄交替这个调调儿。[2] 七减四成为三字句,二加四成为六字句,三加五成为八字句,四加五或二加七成为九字句,如此等等,可以变出许多花样来。甚至语言发展了,声调的种类起了变化,而平仄格式仍旧不变。试看马致远的《秋思》:"利名竭,是非绝。红尘不向门前惹,绿树偏宜屋角遮,青山正补墙头缺。更那堪竹篱茅舍!"这个曲调是《拨不断》,头两句都要求收音于平声,第五句要求收音于仄声,按《中原音韵》,"竭"和"绝"在当时正是读平声,"缺"字在当时正是读仄声(去声)。当时的入声字已经归到平上去三声去了,但是按照当代的读音仍旧可以谱曲。

直到今天,不少的民歌,不少的地方戏曲,仍旧保存着这一个具有民族特点的、具有抑扬的美的诗歌节奏。汉语的声调是客观存在的,利用声调的平衡交替来造成语言中的抑扬的美,这也是很自然的。

----

1. 后人模仿这种诗体,叫做齐梁体。
2. 关于诗词的格律,参看拙著《诗词格律》和《诗词格律十讲》,这里不再叙述。

有人把意义的停顿和语言的节奏混为一谈，那当然是不对的。但是，它们二者之间却又是有密切关系的。

先说意义的停顿和语言的节奏的分别。任何一句话都有意义的停顿，但并不是每一句话都有节奏；正如任何人乱敲钢琴都可以敲出许多不同的声音并造成许多停顿，但是我们不能说乱敲也能敲出节奏来。再说，意义的停顿和语言的节奏也有不一致的时候，例如杜甫《宿府》的"永夜角声悲自语，中天月色好谁看"，意义的停顿是"角声悲"和"月色好"，语言的节奏是"悲自语"和"好谁看"。[1]

再说意义的停顿和语言的节奏的关系。这是更重要的一方面。这对于我们理解骈体文和词曲的节奏是有着极其重要的意义的。

在骈体文的初期，文学家们只知道讲求整齐的美，还来不及讲求抑扬的美。但是，像上文所举的曹丕《与朝歌令吴质书》那样，以"心"对"耳"，以"场"对"馆"，以"泉"对"水"，恰好都是以平对仄，节奏的倾向是相当明显的。至于下文的"节同时异，物是人非"，那简直是声偶俱工了。到了南北朝的骈体文，越来越向节奏和谐方面发展，像上文所举沈约《谢灵运传论》"若前有浮声，则后须切响……"，已经和后期的骈体文相差无几。从

---

1. 有些诗论家把这种情况叫做折腰。

庾信、徐陵开始,已经转入骈体文的后期,他们把整齐的美和抑扬的美结合起来,形成了语言上的双美。但是,我们必须从意义的停顿去看骈体文的节奏,然后能够欣赏它。像曹丕所说的"浮甘瓜于清泉,沉朱李于寒水",绝不能割裂成为"浮甘|瓜于|清泉,沉朱|李于|寒水",而必须按照意义停顿,分成"浮甘瓜|(于)|清泉,沉朱李|(于)|寒水",以"瓜""李"为重点,然后以平对仄的节奏才能显露出来。

在骈体文中,虚词往往是不算在节奏之内的。自从节奏成骈体文的要素之后,对偶就变成了对仗。对仗的特点是上句和下句的平仄要相反,两句在同一个位置上的字不能雷同(像"同声相应,同气相求"就才算对偶,不算对仗)。律诗在这一点上受了骈体文的影响,因为律诗的中两联一般是用对仗的。骈体文的对仗和律诗的对仗稍有不同;骈体文在对仗的两句中,虚词是可以雷同的。字的雷同意味着平仄的雷同。由于虚词不算在骈体文的节奏之内,所以这种雷同是可以容许的。骆宾王《为徐敬业讨武氏檄》最后两句不应该分成"请看|今日|之域|中,竟是|谁家|之天|下",而应该分成"请看|今日|域中,竟是|谁家|天下",它的平仄格式是⊕平⊗仄⊕平,⊗仄⊕平⊗仄("看"字诗平声),正是节奏和谐的句子。王勃《滕王阁序》"穷睇眄于中天,极娱游于暇日",应该分成"穷|睇眄|中天,极|娱游|暇日",蒲松龄《聊斋自志》"披萝带荔,三闾氏感而为骚;牛

鬼蛇神,长爪郎吟而成癖",应该分成"披萝|带荔,三闾氏|感|为骚;牛鬼|蛇神,长爪郎|吟|成癖",也是这个道理。有时候,上下句的虚词并不相同,只要是虚词对虚词,也应该用同样的分析法,例如王勃《滕王阁序》"酌贪泉而觉爽,处涸辙以犹欢",也应该分成"酌|贪泉|觉爽,处|涸辙|犹欢"。又如"落霞与孤鹜齐飞,秋水共长天一色",也应该分成"落霞|孤鹜|齐飞,秋水|长天|一色"。

在词曲中,同样地必须凭意义的停顿去分析节奏。柳永《雨霖铃》的"更那堪冷落清秋节",必须吟成上三下五,然后显得后面是五言律句的平仄。马致远《寿阳曲》的"断桥头卖鱼人散",必须吟成上三下四,然后显得后面是仄平平仄的四字句,而这种平仄正是词曲所特有的。

曲中有衬字。衬字也是不算节奏的,而且比骈体文中的虚词更自由,例如关汉卿《窦娥冤》第三折《耍孩儿》的后半段:"〔我不要〕半星热血红尘洒,〔都只在〕八尺旗枪素练悬。〔等他四下里〕皆瞧见,〔这就是咱〕苌弘化碧,望帝啼鹃。"括号内的字都是不入节奏的。

新诗的节奏不是和旧体诗词的节奏完全绝缘的。特别是骈体文和词曲的节奏,可以供我们借鉴的地方很多。已经有些诗人在新诗中成功地运用了平仄的节奏。现在试举出贺敬之同志《桂林山水歌》开端的四个诗行来看:

164

云中的神啊，雾中的仙，

神姿仙态桂林的山！

情一样深啊，梦一样美，

如情似梦漓江的水！

　　这四个诗行同时具备了整齐的美、抑扬的美、回环的美。整齐的美很容易看出来，不必讨论了；回环的美下文还要讲到，现在单讲抑扬的美。除了衬字（"的"字）不算，"神姿仙态桂林山"和"如情似梦漓江水"十足地是两个七言律句。我们并不说每一首新诗都要这样做；但是，当一位诗人在不妨碍意境的情况下能够锦上添花地照顾到语言形式美，总是值得颂扬的。

　　不但诗赋骈体文能有抑扬的美，散文也能有抑扬的美，不过作家们在散文中把平仄的交替运用得稍为灵活一些罢了。我从前曾经分析过王安石的《读孟尝君传》，认为其中的腔调抑扬顿挫，极尽声音之美，例如"孟尝君|特|鸡鸣|狗盗|之雄（耳），岂足|以言|得士"这两句话的平仄交替是那样均衡，绝不是偶合的。前辈诵诗古文，摇头摆脑，一唱三叹，逐渐领略到文章抑扬顿挫的妙处，自己写起文章来不知不觉地也就学会了古文的腔调。我们今天自然应该多做一些科学分析，但是如果能够背诵一些现代典范白话文，涵泳其中，抑扬顿挫的笔调，

也会是不召自来的。

三、回环的美

回环,大致说来就是重复或再现。在音乐上,再现是很重要的作曲手段。再现可以是重复,也可以是模进。重复是把一个音群原封不动地重复一次,模进则是把一个音群移高或移低若干度然后再现。不管是重复或者是模进,所得的效果都是回环的美。

诗歌中的韵,和音乐中的再现颇有几分相像。同一个音(一般是元音,或者是元音后面再带辅音)在同一个位置上(一般是句尾)的重复,叫做韵。韵在诗歌中的效果,也是一种回环的美。当我们听人家演奏舒伯特或托赛利的小夜曲的时候,翻来覆去总是那么几个音群,我们不但不觉得讨厌,反而竟得很有韵味;当我们听人家朗诵一首有韵的诗的时候,每句或每行的末尾总是同样的元音(有时是每隔一句或一行),我们不但不觉得单调,反而觉得非常和谐。

依西洋的传统说法,韵脚是和节奏有密切关系的。有人说,韵脚的功用在于显示诗行所造成的节奏已经完成了一个阶段。[1] 这是从另一个角度来看问题。这种看法是以西洋诗为

---

1. 参看 A. Dorchain《诗的艺术》第 102 页。

根据的，对汉语诗来说不尽适合，因为汉语诗不都是有节奏的，也不一定每行、每句都押韵。但是，从诗的音乐性来看韵脚，这一个大原则是和我们的见解没有矛盾的。

散文能不能有韵？有人把诗歌称为韵文，与散文相对立，这样，散文似乎就一定不能有韵语了。实际上并不如此。在西洋，已经有人注意到卢梭在他的《新爱洛伊丝》里运用了韵语。[1] 在中国，例子更是不胜枚举。《易经》和《老子》大部分是韵语，《庄子》等书也有一些韵语。古医书《黄帝内经》(《素问》《灵枢》)充满了韵语。在先秦时代，韵语大约是为了便于记忆，而不是为了艺术的目的。到了汉代以后，那就显然是为了艺术的目的了。如果骈体文中间夹杂着散文叫做骈散兼行的话，散文中间夹杂着韵语也可以叫做散韵兼行。诗者如果只看不诵，就很容易忽略过去；如果多朗诵几遍，韵味就出来了，例如枚乘《上书谏吴王》一开头"臣闻得全者昌，失全者亡"[2]，就是韵语。下文："系绝于天，不可复结，坠入深渊，难以复出。其出不出，间不容发。能听忠臣之言，百举必脱。必若所欲为，危于累卵，难于上天；变所欲为，易于反掌，安于泰山。今欲极天命之上寿……不出反掌之易，以居泰山之安，而欲乘累卵之危，

<hr>

1. 参看 A. Dorchain《诗的艺术》第 27 页。
2. 《汉书》作"得全者全昌，失全者全亡"。今依李兆洛《骈体文钞》。

走上天之难。""结""出""发""脱"四字押韵,"天""山""安"
"难"四字押韵。又:"欲人勿闻,莫若勿言;欲人勿知,莫若勿
为。""闻""言"押韵,"知""为"押韵。又:"福生有基,祸生有
胎;纳其基,绝其胎,祸何自来?""基""胎""来"押韵。又:"夫铢
铢而称之,至石必差;寸寸而度之,至丈必过。""差""过"押韵。
又:"夫十围之木,始生如蘖,夫十围之木,始生而蘖,足可搔而
绝,手可擢而拔;据其未生,先其未形也。""蘖""绝""拔"押韵,
"生""形"押韵。又如柳宗元《愚溪诗序》:"以愚辞歌愚溪,则茫
然而不违,昏然而同归。超鸿蒙,混希夷,寂寥而莫我知也。"这
里是"违"和"归"押韵,"夷"和"知"押韵(也可以认为四字一起
押韵,算是支微通押)。又如柳宗元《永州韦使君新堂记》:"始
命芟其芜,行其涂。积之丘如,蠲之浏如。既焚既酿,奇势迭出。
清浊辨质,美恶异位。视其植则清秀敷舒;视其蓄则溶漾纡徐。
怪石森然,周于四隅。或列或跪,或立或仆,窍穴逶邃,堆阜突
怒。"这里是"芜"和"涂"押韵,"丘"和"浏"押韵(虚字前韵),
"出"和"位"押韵(出,尺类切,读 chui),"舒""余"和"隅"押韵,
"仆"和"怒"押词。又如大家所熟悉的范仲淹的《岳阳楼记》:
"若夫霪雨霏霏,连月不开。阴风怒号,浊浪排空;日星隐曜,山
岳潜形。商旅不行,樯倾楫摧;薄暮冥冥,虎啸猿啼。登斯楼也,
则有去国怀乡,忧谗畏讥,满目萧然,感极而悲者矣。至若春和
景明,波澜不惊。上下天光,一碧万顷。沙鸥翔集,锦鳞游泳。岸

芷汀兰,郁郁青青。而或长烟一空,皓月千里。浮光跃金,静影沉璧。渔歌互答,此乐何极！登斯楼也,则有心旷神怡,宠辱皆忘,把酒临风,其喜洋洋者矣。"这里"霏"和"开"押韵(不完全韵),"空"和"形"押韵(不完全韵),"摧"和"啼"押韵(不完全韵),"讥"和"悲"押韵,"明""惊"和"顷""泳""青"押韵(平仄通押),"壁"和"极"押韵,"忘"和"洋"押韵。作者并不声明要押韵,他的押韵在有意无意之间,不受任何格律的约束,所以可以用不完全韵,可以平仄通押, 可以不遵守韵书的规定（如"讥"和"悲"押,"明""惊"和"青"押,"壁"和"极"押）。这一条艺术经验似乎是很少有人注意的。

赋才是真正的韵文。我们主张把汉语的文学体裁分为三大类:第一类是散文,第二类是韵文,第三类是诗歌。韵文指的就是赋;有人把赋归入散文,那是错误的。[1]单从全部押韵这一点说,它应该属于诗的一类。但是有许多赋并没有诗的意境,所以只好自成一类,它是名副其实的韵文。赋在最初的时候,还不十分注意对偶,更无所谓节奏;到了南北朝,赋受骈体文的影响,不但有了对偶,而且逐渐有了节奏,例如庾信的《哀江南赋》,等于后期的骈体文加韵脚,兼具了整齐的美、节奏的美、回环的美。这简直就是一篇史诗。苏轼的前后《赤壁赋》则

---

1. 陈钟凡先生的《中国韵文通论》把诗赋都归韵文,那比把赋归入散文好得多。

又别开生面,多用"也""矣""焉""哉""乎",少用对偶和节奏,使它略带散文气息,而韵脚放在"也""矣""焉""哉""乎"的前面,令人有一种轻松的感觉。这是遥远地继承了《诗经》的优点而又加以发展的一种长篇抒情诗。我常常设想:我们是否也可以拿"呢""吗""的""了"代替"也""矣""焉""哉""乎"来尝试一种新的赋体呢?成功的希望不是没有的。

韵脚的疏密和是否转韵,也有许多讲究。《诗经》的韵脚是很密的:常常是句句用韵,或者是隔句用韵。即以句句用韵来说,韵的距离也不过像西洋的八音诗。五言诗隔句用韵,等于西洋的十音诗。早期的七言诗事实上比五言诗的诗行更短,因为它句句押韵(所谓柏梁体),事实上只等于西洋的七音诗。从鲍照起,才有了隔句用韵的七言诗,韵的距离就比较远了。我想这和配不配音乐颇有关系。词的小令最初也配音乐,所以韵也很密。曲韵原则上也是很密的,只有衬字太多的时候,韵才显得疏些。直到今天的京剧和地方戏,还保持着密韵的传统,就是句句用韵。在传唱较久的京剧或某些地方戏曲中,还注意到单句押仄韵,双句押平韵(如京剧《四郎探母》和《捉放曹》等),这大约也和配音乐有关。一韵到底是最占势力的传统韵律。两句一换韵比较少见,必须四句以上换韵才够韵味,而一韵到底则最合人民群众的胃口。打开郑振铎的一部《中国俗文学史》来看,可以说其中的诗歌全部是一韵到底的。我们知道,元曲规定每折必须只用一个韵部,例如关汉卿《窦娥冤》第一折押尤侯韵,第二折押齐微韵,第三折押先天韵,第四折押皆来韵。直到现代的京剧和地方戏,一般也都是一韵到底的,例如京剧《四郎探母·坐宫》押言前辙,《捉放曹·宿店》押发花辙。在西洋,一韵到底的诗是相当少的。可见一韵到底也表现了汉语诗歌的民族风格。

　　双声、叠韵也是一种回环的美。这种形式美在对仗中才能显示出来。有时候是双声对双声,如白居易《自河南经乱……》"田园零落干戈后,骨肉流离道路中",以"零落"对"流离",又如李商隐《落花》"参差连曲陌,迢递送斜晖",以"参差"对"迢递";有时候是叠韵对叠韵,如杜甫《秋日荆南述怀》"苍茫步兵哭,展转仲宣哀",以"苍茫"对"展转",又如李商隐《春雨》"远路应悲春晼晚,残宵犹得梦依稀",以"晼晚"对"依稀";又有以双声对叠韵的,如杜甫《咏怀古迹》第一首"支离东北风尘际,漂泊西南天地间",以"支离"对"漂泊"[1],又如李商隐《过陈琳墓》"石麟埋没藏春草,铜雀荒凉对暮云",以"埋没"对"荒凉"。双叠、叠韵的运用并不限于联绵字,非联绵字也可以同样地构成对仗。杜甫是最精于此道的。现在随手举出一些例子。《野人送朱樱》"数回细写愁仍破,万颗匀圆讶许同",以"细写"对

---

　　1. 漂,滂母字;泊,并母字,这是旁纽双声。

"匀圆";《吹笛》"风飘律吕相和切,月傍关山几处明",以"律吕"对"关山";《咏怀古迹》第二首"怅望千秋一洒泪,萧条异代不同时",以"怅望"对"萧条"("萧条"是联绵字,但"怅望"不是联绵字),第三首"一去紫台连朔漠,独留青冢向黄昏",以"朔漠"对"黄昏"[1];第四首"翠华想象空山里,玉殿虚无野寺中",以"想象"对"虚无"[2]。这都不是偶然的。

我们应该把回环的美和同音相犯区别开来。回环是好的,同音相犯是不好的。六朝人所谓八病,前四病是同声调相犯[3],后四病是双声相犯和叠韵相犯。

关于双声相犯,有旁纽、正纽二病(第七病和第八病)。旁纽指同句五字中不得用双声字(联绵字不在此例),正纽指同句五字中不得用同音不同调的字。这里当然不能十分拘泥,但是总的原则还是对的。王融、庾信、姚合、苏轼等人虽也写过双

---

1. 朔,觉韵字;漠,铎韵字,唐时两韵读音已经相近或相同。黄,匣母字;昏,晓母字,这是旁纽双声。林迪《山园小梅》"疏影横斜水清浅,暗香浮动月黄昏",以双声的"清浅"对叠韵的"黄昏",正是从老杜学来的。

2. 虚,鱼韵字;无,虞韵字,这是邻韵叠韵。

3. 八病的解释根据《文镜秘府论》。前四病是平头、上尾、蜂腰、鹤膝。平头指五言诗第一字不得与第六字同声,第二字不得与第七字同声,其实就是避免平仄失对。上尾指第五字不得与第十字同声,也是平仄失对的问题。蜂腰指第二字不得与第五字同声,但是唐人的律诗并不遵守这条。鹤膝指第五字不得与第十五字同声,杜甫在律诗中很注意避免此病。参看拙著《中国古典文论中谈到的语言形式美》。

172

声诗¹,但那只是文人的游戏,不能认为有任何艺术价值。否则拗口令也都可以叫做诗了。

关于叠韵相犯,有大韵、小韵二病。大韵指五言诗的韵脚和同联的其余九字任何一字同韵(连绵字不在此例),小韵指十字中任何两个字同韵(连绵字不在此例)。这也未免太拘,也不容易遵守。只有一点是重要的,就是在关节的地方不能和韵脚同韵。具体说来,凡有韵脚的句子,如果是五言,第二字不能和第五字同韵;如果是七言,第二字或第四字不能和第七字同韵。唐人很讲究这个,宋人就不大讲究了。像周弼《野望》"白草吴京甸,黄桑楚战场","黄"与"桑"同韵不要紧,"桑"与"场"同韵就是对语言形式欠讲究了。声音相近或相同的字,最好不要让它们同在一联之内。像梅尧臣《送少卿张学士知洪州》"朱旗画舸一百尺,五月长江水拍天",彭汝砺《城上》"云际静浮滨汉水,林端清送上方钟","百"和"拍"相近,"静"和"清"相近,在形式上也是不够讲究的。当然有特殊原因的不在此例,如李商隐《天涯》"春日在天涯,天涯日又斜",第二句第二字"涯"和韵脚"斜"同韵,这是因为诗人要重复上句末二字,而上句又是有韵脚的,不能不如此。至于同一个字两次出现在同一句里,如杜甫《闻官军收河南河北》"即从巴峡穿巫峡,便下襄阳向洛

---

1. 参看郭绍虞《沧浪诗话校释》第80—81页,注五四。

阳"，就更不足为病了。

上面所说的语言形式的三种美——整齐的美、抑扬的美、回环的美——总起来说就是声音的美，音乐性的美。由此可见，有声语言才能表现这种美，纸上的文字并不能表现这种美。文字对人类文化贡献很大，但是我们不要忘记它始终是语言的代用品，我们要欣赏语言形式美，必须回到有声语言来欣赏它。不但诗歌如此，连散文也是如此。叶圣陶先生给我的信里说："台从将为文论诗歌声音之美，我意宜兼及于文，不第言古文，尤须多及今文。今文若何为美，若何为不美，若何则适于口而顺于耳，若何则仅供目治，违于口耳，倘能举例而申明之，归纳为若干条，诚如流行语所称大有现实意义。盖今人为文，大多数说出算数，完篇以后，惮于讽诵一二遍，声音之美，初不存想，故无声调节奏之可言。试播之于电台，或诵之于会场，其别扭立见。台从恳切言之，语人以此非细事，声入心通，操觚者必须讲求，则功德无量矣。"叶先生的话说得对极了，可惜我担不起这个重任，希望有人从这一方面进行科学研究，完成这个"功德无量"的任务。

朱自清先生曾经说过这样的一段话："过去一般读者大概都会吟诵，他们吟诵诗文，从那吟诵的声调或吟诵的音乐得到趣味或快感，意义的关系很少……民间流行的小调以音乐为主，而不注重词句，欣赏也偏重在音乐上，跟吟诵诗文也正相同。感觉的享受似乎是直接的、本能的,即使是字面儿的影响所引起的感觉,也还多少有这种情形,至于小调和吟诵,更显然直接诉诸听觉,难怪容易唤起普遍的趣味和快感。至于意义的欣赏,得靠综合诸感觉的想象力,这个得有长期的修养才成。"[1] 我看利用语言形式美来引起普遍的趣味和快感,这是非常重要的一件事。不注重词句自然是不对的,但重视语言的音乐性也是非常应该的。我们应该把内容和形式很好地统一起来,让读者既能欣赏诗文的内容,又能欣赏诗文的形式。

四、诗的语言

上面所谈的都是包括诗和散文以及辞赋各方面的。现在我想专就诗一方面来谈一谈,因为诗是语言形式美的集中表现。在律诗和词曲中,对仗就是整齐的美,平仄就是抑扬的美,韵脚就是回环的美。这样说来,古体诗和现代的新诗都不美了吗?那又不能这样说。诗之所以美,主要决定于意境的美,即内容的美。而且题材对诗的形式也有影响:某种题材须要在形式上多加雕琢和装饰,另一种题材则须要在形式上比较自由。大致说来,抒情诗属于前者,史诗属于后者。假如我们让杜甫把他的《月夜》写成古体诗,或把他的《石壕吏》写成律诗,都是不

---

1. 朱自清《论百读不厌》,见于他所着的《论雅俗共赏》第 10 页。

合理的。杜甫等人,写古体诗的时候,把对仗变为自由的对偶,把平仄变为拗句,而且用韵很宽。这样给人另一种感觉,就是朴素和古拙。朴素和古拙也是另一种美,但不能再拿音乐性来衡量它。现代的新诗比古体诗有更大的自由。我们把只有诗的意境而完全不拘形式的诗叫做自由体,把只讲究用韵、不管节奏的诗叫做半自由体。现在虽然有人提倡新格律诗,但是还没有定型化。即使有了新格律诗,自由体和半自由体仍然是一条路。我们应该让百花齐放,而不能定于一尊。自由体虽然完全不拘形式,不讲究诗的音乐性,但是许多诗人在词藻方面还是很讲究的。至于半自由体,既然有了韵脚,也就有了回环的美,如果再能讲究一下整齐的美,如字句的匀称等等,那就差不多了。

讲究语言形式美,会不会妨碍诗的意境呢?这要看作者对语言形式美的态度如何和语言修养水平如何而定。我们首先要把技巧(艺术手段)和格律区别开来。技巧只是争取的,不是必须做到的。在技巧方面,每一个作者都有自己独特的风格,例如八病中的大韵、小韵,正纽、旁纽,这些都属于技巧的范围,能避免这些病最好,不能避免也不算犯规。而且作家也可以不同意这些技巧,而另外创造一些技巧。因此,在技巧方面完全不会产生妨碍诗的意境的问题。至于格律则是规定要遵守的,这才产生妨碍诗的意境的问题。

在西洋古代也争论过这一类的问题，有人说韵脚是一种障碍，有人说韵脚不但不是障碍，而且还是一种帮助，当灵感来时，韵脚就自然涌现了。[1] 双方的看法都不免片面，他们都不能辩证地看问题。当你成为格律的奴隶的时候，格律简直是枷锁，岂但障碍而已！当你成为格律的主人的时候，你就能驾驭格律，如鱼得水，格律的确就是一种帮助了。

诗的语言形式美始终应该服从于诗的意境。世界上的确有一些诗具备了很好的内容然而形式上尚有缺欠的；但是我们不能反过来说有一种诗虽然内容不好然而具备了很美的形式。在意境和格律发生矛盾的时候，诗人应该突破格律来成全意境；至于意境和技巧发生矛盾的时候，就更应该让前者自由翱翔，绝不受后者的拖累。

按照这个原则办事，是不是诗人必须经常突破格律和摆脱技巧呢？不是的。凡是成就比较大的诗人都能从一致性中创造多样性，从纪律中取得自由。他们自己往往是语言巨匠，有极其丰富的词汇供他们驱使，有极其多样的语法手段供他们运用。当意境和格律发生矛盾的时候，他们不是牺牲意境来迁就格律，也不是牺牲格律来迁就意境，而是用等价的另一句话来做到一举两得；或者虽非等价，但是它和主题不相矛盾，在

---

1. 参看 A. Dorchain《诗的艺术》第 169—172 页。

意境上也能算是异曲同工。所诗"吟安一个字,捻断数茎须",正足以说明诗人们惨淡经营的过程。

诗人们这样做法,常常有一种意外的收获,那就是创造了诗的语言。所谓诗的语言,可以从两方面看:从内容上看,有些散文的话句充满了诗意,可以说是诗的语言;从形式上看,有些诗句就只能是诗句,如果放到散文中去,不但不调和,而且不成为句子。这里讲的诗的语言,是指后者说的。

叶圣陶先生给我的另一封信里说:"诗之句型,大别为二:一为平常的句型,与散文及口头语言大致不异。一为特殊句型,散文绝不能如是写,口头亦绝无此说法,可谓纯出于人工。我以为凡特殊句型,必对仗而后成立,如'名岂文章著,官应老病休'[1] 是也。若云'名岂文章著,老衰官合休',则上一语为不易理解,作者绝不肯如是写。今为对仗,则令让者两相比勘,得以揣摩,知为名岂以文章而著,官应以老病而休之意。律诗中间两联,属于平常句型者固不少。而欲以诗意构成纯出人工之语言,自非使之对仗,纳入中间两联不可。此所以特殊句型必为对句也。易言之,因有对仗之法,乃令作者各逞其能,创为各种特殊句型,句型虽特殊,而作者克达其意,读者能会其旨。推而言之,骈文之所以能成立,亦复如是。至于词,则以其有固定格

---

1. 语见杜甫《旅夜书怀》。

律,亦容许创为特殊句型。如'千古江山,英雄无觅孙仲谋处'[1],此在散文为绝对不通之语。而按格律讽诵'英雄无觅孙仲谋处'八字,自能理会其为英雄如孙仲谋者更无觅处之意。我久怀此意,未尝语人,今见台从畅论诗词格律,用敢书告,诗观有道着处否。"这是非常精辟的见解。叶先生所谓特殊句型也就是我所谓诗的语言的一种。本来,古人在散文中就用对偶的手段来使语言既精练而又免于费解,例如贾谊《过秦论》"于是从散约解,争割地而赂秦",假如只说"从散"而不说"约解",就变为难懂的了。[2]有的骈体文很有诗意,作者在文中利用对仗来制造诗的语言,像王勃《滕王阁序》"渔舟唱晚,响穷彭蠡之滨;雁阵惊寒,声断衡阳之浦",单凭它的特殊句型("唱"以"晚"为补语,"惊"以"寒"为补语等等),也就令人感觉到诗意盎然了。在律诗中,像叶先生所举的"名岂文章著,官应老病休"的例子还有许多,例如王维《山居秋暝》的"竹喧归浣女,莲动下渔舟",《终南山》的"白云回望合,青霭入看无",《辋川闲居赠裴秀才迪》的"渡头余落日,墟里上孤烟";杜甫《不见》的"敏捷诗千首,飘零酒一杯",《野望》的"海内风尘诸弟隔,天涯涕泪一身遥"等,真是举不胜举。诗词有了固定的格律,可以容许特殊

---

1. 语见辛弃疾《永遇乐·京口北固亭怀古》。
2. 参看拙著《中国文法学初探》。

句型,只以毛主席的诗词为例"一唱雄鸡天下白""六亿神州尽舜尧"等句,就都是诗的语言。

　　不善于押韵的人,往往为韵所困,有时不免凑韵(趁韵)。善于押韵的人正相反,他能出奇制胜,不但用韵用得很自然,而且因利乘便,就借这个韵脚来显示立意的清新。韩愈做诗爱用险韵,这是他有意逞才,不足为训。但是其中也有一些清新可喜的句子,例如《酬司马卢四兄云夫院长望秋作》押的是咸韵,真够险了,但是让他碰上了一个"咸"字,得了一句"嗜好与俗殊酸咸",就成为传诵的名句。李商隐在他的《锦瑟》诗中用了蓝田种玉的典故,如果直说种玉,句子该是多么平庸啊! 由于诗是押先韵的,他忽然悟出一个"玉生烟"来,不但韵脚的问题解决了,不平凡的诗句也造成了。[1]毛主席的七律《赠柳亚子先生》押的是阳韵,其中"风物长宜放眼量"一句,令人感觉到"量"字并不单纯是作为韵脚而存在的,实际上在别的韵部中也找不出比"量"字更响亮、更清新、更合适的字眼来。假如换成一个"放眼看",那就味同嚼蜡了。讲到这里,我们可以懂得韵脚不是一种障碍,而是一种帮助。对于语言修养很高的诗人

---

　　1. 这只是一种悬想。有时候,诗人先成一联,然后凑成一首,如鲁迅先得"横眉冷对千夫指,俯首甘为儒子牛"两句,然后凑成一首七律。假定李商隐先得"沧海月明珠有泪,蓝田日暖玉生烟"一联,就会是另一种情况。但是,例子虽不一定恰当,而诗人押韵有这种经检,则是不容怀疑的。

来说,这种说法是完全合理的。

　　散文的词句最忌生造。在诗中,生造词句当然也不好,但是诗人可以创造一些,要做到新而不生。其间的分寸要由诗人自己掌握,例如李商隐《无题》:"隔座送钩春酒暖,分曹射覆蜡灯红。"蜡灯,一般只说"蜡烛",如韩翃《寒食》"日暮汉宫传蜡烛",杜牧《遣怀》"蜡烛有心还惜别"。这里说成"蜡灯"是为了适合平仄,读者并不觉得他是生造。诗句要求精练,要求形象,词与词的搭配不一定要跟散文一样,例如李商隐的另一首《无题》:"春心莫共花争发,一寸相思一寸灰。""一寸"和"相思","一寸"和"灰",在散文中都搭配不上,但是他在诗中用上了,读者只觉得这句话很精练、很形象,而并不觉得有任何不自然的地方。

　　诗的语言是美的语言,诗人们不断地创造诗的语言,不断地丰富祖国语言的词汇。诗的语言虽不能原封不动地搬到散文里,但是诗中的整齐的美、抑扬的美、回环的美,往往为散文所吸收,所借鉴。因为除了音乐性的美之外,语言形式差不多没有什么其他能引起人们美感的东西了。

原载《光明日报》,1962 年 10 月 9—11 日

诗目索引

本索引以诗词作者生年为序，同一作者则以该诗词所在正文页码为序，排列如下：

唐

五代十国·南唐

出版说明

《诗词格律十讲》是王力先生所作的一本诗词格律方面的入门小书。该书最初由《北京日报》分十天连载,1962 年由北京出版社出版,1964 年做了个别改动后收入"语文小丛书"。1978 年修订后,增换了一些例子,改正了个别错误,仍由北京出版社出版,本次出版即在此基础上进行整理、校勘和编辑。本次修订过程中,有幸得到中国著名语言学家、王力先生弟子蒋绍愚先生的支持与指导,并倾情作序。

本书共收录三篇附录:一为《诗词的平仄》,对诗词的平仄做了通俗易懂的总结;二为《中国格律诗的传统和现代格律诗的问题》,既讨论了中国格律诗的传统,又指出现代格律诗的发展方向;三为《略论语言形式美》,强调了诗的语言所具备的整齐的美、抑扬的美和回环的美。

本书所引古诗词的版本,皆由王力先生所选,既思想健康、脍炙人口,又便于说明格律。因此,特增加诗目索引,以作者生年为序,便于读者查询本书所列举的诗词。

同时,结合本书内容,精选中国古代名家书画作品十余幅作为插图,如明代蓝瑛的《山水图轴》、明代文仇英的《桃源仙境图》……寓诗词之情,于书画之景,便于读者细细品味古诗词的种种意趣。

最后,为充分展示诗词之美,本书采用双色印刷,涉及诗词部分配以青色,"稍见青青色,还从柳上归"。让我们一起欣赏古典诗歌,探寻诗意生活。

书中可能尚存编校疏误,恳请广大读者和各位方家批评指正,提出宝贵意见。

天津人民出版社

2022 年 12 月